Sandra Kristin Meier

„Karl – 2050"

Satirische Dystopie

Impressum

Herstellung und Verlag: BoD – Books on Demand, Norderstedt

ISBN: 978-3-XXXX-XXXX-X

Teil I

Kapitel 1

Mit einem Schrei fuhr Karl aus dem Schlaf und riss sich die Nachtmaske vom Gesicht.

Schon wieder hatte ihn dieser furchtbarste aller Alpträume heimgesucht: die große Führerin war gestorben, woraufhin die Seuche mit voller Wucht über das Land hereinbrach und die Millionen Tote forderte, die der Hohe Virologische Rat prognostiziert hatte.

Karl schaute auf die Uhr. Es war früh um fünf. Noch eine Stunde also bis zum allgemeinen Wecken.

Dreißig Jahre dauerte der Lockdown nun bereits und er war eine Erfolgsgeschichte. Karl spürte tiefe Dankbarkeit gegenüber der großen Führerin und dem Hohen Rat, die seit 2020 alles vom Ende her gedacht und das Land auf Sicht durch die Krise gesteuert hatten. Nur ihrem brachialen Quarantäne-Regime mit Ausgangsverboten und Kontaktsperren war es zu verdanken, dass es gar nicht erst zum Ausbruch der Epidemie gekommen war. Die Statistiken wiesen schon im ersten Jahr des Virus eine Untersterblichkeit aus; es gingen daran also viel weniger Menschen zugrunde als alljährlich an der Grippe. Das sprach eindeutig für die Effektivität der durch die Führung umgehend eingeleiteten Maßnahmen --- Karl konnte es einfach nicht fassen, dass es damals noch Menschen gegeben hatte, die diesen doch so simplen Zusammenhang anfangs nicht durchschauten.

Die Jahre 2020/21 waren eine gute Zeit für Karl gewesen. Er hatte ehrenamtlich für die *Maskaran* gearbeitet, jene verschworene Truppe, die so genannte Maskenverweigerer aufspürte und an die psychiatrischen Krankenhäuser überstellte, die damals wie Pilze aus dem Boden schossen. Noch heute erfüllte es ihn mit Unverständnis, ja, Abscheu, wie diese Leugner sich der allgemeinen Maskenpflicht widersetzten, ihre vom Hohen Virologischen Rat vorgeschriebenen Kontakt-Tagebücher nicht ordnungsgemäß führten und damit den Tod von Menschen aus reinem Egoismus billigend in Kauf nahmen.

Leider wurden die Maskaran bald darauf aufgelöst, denn es gab nach Einführung der elektronischen Masken, denen sich dank flächendeckender Impfung und Markierung niemand entziehen konnte, keinen Bedarf an seiner Tätigkeit mehr.

Mit Wehmut dachte Karl an die alte Zeit zurück, als er und seine Genossen auf der Jagd nach Gesetzesbrechern mit Baseballschlägern durch die Straßen gezogen waren. Auch in Wohnungen kontrollierten sie, wenn es Informationen gab, dass sich dort nicht an die Regeln, die man sich gegeben hatte, gehalten wurde. A-H-A-A-L + GGGGG lautete die griffige Formel, die sich ihm auf Lebenszeit ins Hirn eingebrannt hatte: Abstand halten – Hygiene beachten – Alltagsmaske – App – Lüften + die fünf unbedingt zu vermeidenden G-Faktoren: Geschlossene Räume, Gruppen, Gedränge, Gespräche, Geselligkeit.

Noch schöner als die alte war nur die neue Zeit.

Um 7 Uhr würde er seine mit Sensoren versehene Alltagsmaske aufziehen, die von jedem Bürger bis zur allgemeinen Nachtruhe um 20 Uhr zu tragen war. Korrekter Sitz und volle Funktionsfähigkeit wurden von Drohnen überwacht, deren vertrautes Surren er aus den Häuserschluchten durch das einen Spalt weit geöffnete Fenster vernahm.

Karl machte sich viele Gedanken um das persönliche Wohlergehen der großen Führerin, die ihr Amt nun schon fünfundvierzig Jahre ausübte. Ihr letzter öffentlicher Auftritt datierte aus dem Februar 2047. Es kursierten Gerüchte, dass sie schon seit drei Jahren tot war. Laut in schwedischen Medien kolportierten Satellitenbildern sei ihr Privatzug da zum letzten Mal in der Uckermark gesichtet und kurz darauf verschrottet worden. Dies entnahm Karl einem Gespräch, das er erst gestern in der Untergrund-Bahn belauscht hatte. Selbstverständlich hatte er die Maskenummern der zwei tuschelnden Fahrgäste umgehend notiert und den Behörden gemeldet. Das Abhören von Feindsendern und das Verbreiten von Fake News war nämlich streng verboten.

Von der Meldung versprach Karl sich zehn Punkte für sein Sozialkonto. Im Falle einer Verhaftung der Delinquenten inklusive Schuldspruch könnten weitere zehn Punkte gutgeschrieben werden. Wenn alles perfekt lief, würde Karl in etwa zwei Jahren die Punktzahl erreicht haben, die ihn zur Beantragung eines FDGB-Urlaubes an der Ostsee berechtigte. Natürlich durfte er sich selbst nichts zuschulden kommen lassen, denn schon allerkleinste Übertretungen der Regeln des Allgemeinen Infektionsschutzgesetzes konnten zu Punktabzug führen. Nachbarn, Freunde, Kollegen und Verwandte lauerten ja nur darauf, diese zur Anzeige zu bringen und damit ihre eigenen Konten aufzustocken. Diese gegenseitige, zivilgesellschaftlich couragierte Kontrolle war eine sehr gute Sache, fand Karl, denn sie diente der prophylaktischen Eindämmung des Virus und der allgemeinen Stabilität im Lande. ---

Mit diesen positiven Gedanken drehte er sich auf die Seite und schlief weiter.

Kapitel 2

Um 6 Uhr wurde er wie jeden Tag durch die Sirenen des Seuchenschutzes geweckt. Er streifte schnell die Nachtmaske ab und nach der angeordneten, das Immunsystem stärkenden musikalischen Morgengymnastik, der ‚Medizin nach Noten', reinigte und desinfizierte er seinen Körper und nahm ein veganes Frühstück ein. Punkt 7 Uhr ertönte das Signal der Drohnen zum allgemeinen Anlegen der elektronischen Alltagsmasken.

Dann wurden am Wandscreen seiner Stube wie immer die aktuellen Tagesbefehle eingeblendet. Oh, er hatte Nachricht vom Sozialamt!

„Finden Sie sich heute um 10 Uhr zur Klärung eines Sachverhaltes im Amt ein. Betreff: Maskenvergehen."

Karl traf der Schlag. Maskenvergehen? Was hatte das zu bedeuten? Es musste sich um eine Verwechslung handeln und würde sich bestimmt rasch aufklären. Masken waren Karl heilig. Sie schützten zuverlässig vor den Infektionen, die ohne sie längst ausgebrochen wären und alles Leben im Umkreis vernichtet hätten. Peinlich genau hielt er sich an die Vorschriften. Und er hatte viele Bürger gemeldet, die er eines nicht akkuraten Maskensitzes verdächtigte, der dem Virus Tür und Tor zu öffnen drohte. Allein durch das Anzeigen von Maskenverbrechen hatte er über die Jahre nicht wenige Sozialpunkte gesammelt. Sein Punktekonto war der Dreh- und Angelpunkt, ja, der Sinn seines Lebens. Die Auswertungen der letzten Jahre hingen fein säuberlich an der Wand. Rot markiert hatte er jeweils die höchsten Scores für einzelne Meldungen. Sie datierten meist nach Besuchen bei seiner Mutter im Altersheim.

So wie vor einigen Wochen erst, als es zu einem Zwischenfall gekommen war. Die 90-jährige Greisin hatte sich plötzlich mit letzter Kraft aus ihrem Rollstuhl erhoben und war um das Plexiglas mit der Sprechanlage herum auf Karl zugekommen. Ehe er reagieren konnte, tauchte ihr Gesicht ganz nah vor dem seinen auf. Eine Träne kullerte aus ihren Augen, als sie mit den Worten „mein Jungchen" ihre Hand nach ihm ausstreckte.

Beinahe wäre es zu einer körperlichen Berührung gekommen.

Karl konnte gerade noch zurückweichen und den Saal schreiend im Laufschritt verlassen. Zu Hause eingetroffen, entledigte er sich sofort aller Kleidung und begab sich über die Sicherheitsschleuse in die Desinfektionsdusche, mit der jede moderne Gemeinschaftsunterkunft im Jahre 2050 natürlich ausgestattet war. Gleich darauf verfasste er eine schriftliche Meldung über das Ablegen der Maske und die Unterschreitung des Sicherheitsabstandes durch die besuchte Person der Risikogruppe.

Das Melden von Verwandten ersten Grades brachte Bonuspunkte, weil es als Beweis besonderer Zivilcourage galt. Diese Punkte wurden seiner Mutter dann abgezogen. Aber das sollte sie in ihrem fortgeschrittenen Alter ja nicht stören; ihr wurde halt für Wochen das Fleisch und der Nachmittagskuchen gestrichen. Ohnehin starb sie nur drei Tage nach dem

Vorkommnis, was Karl ja recht gab. Ihn brachte es jedenfalls seinem großen Traum eines FDGB-Urlaubs an der Ostsee näher. Er hatte das Meer seit seiner Kindheit, die ja vor den Transformationen von gigantischem historischen Ausmaß lag, nicht mehr gesehen.

Apropos Kindheit. Neidvoll blickte Karl auf die Kinder von heute. Mit sieben Jahren schon wurden sie in der neuen Zeit in den Kreis der Erwachsenen aufgenommen. Die feierliche Maskenweihe, die virtuell vollzogen wurde, da die Kindergärten und Schulen seit 30 Jahren geschlossen waren, markierte den Eintritt in einen neuen Lebensabschnitt, und jede JungbürgerIn bekam ein Exemplar der Autobiographie der großen Vorsitzenden ‚Aus meinem Leben' zugesandt.

All diese Gedanken durchwaberten Karl spontan, als er die Nachricht des Sozialamtes auf dem Bildschirm blinken sah. Viel Zeit blieb nicht mehr. Er schminkte dezent die Augenpartie und kleidete sich an, wobei er sich für einen Hosenanzug mit roséfarbenem Blazer entschied. Es war die Mode der Zeit; ganz dem Stil der großen Führerin nachempfunden, wobei er heute etwas farbenfreudiger agierte als sein Idol. Er wollte eben einen besonders guten Eindruck beim Sozialamt machen.

Immerhin hatte er damit den vom Gesetz geforderten triftigen Grund, das Haus zu verlassen; etwas

Besonderes angesichts der anhaltenden Ausgangssperre. Es war ein trüber Frühlingstag, als er am Sozialamt eintraf. Er war vorher noch etwas über den asphaltierten Parkplatz geschlendert, hatte das vertraute Surren der Überwachungsdrohnen genossen und die Roboterhunde dabei beobachtet, wie sie den Abstand zwischen den wenigen Passanten überprüften. Dann betrat er das riesige Gebäude und wanderte durch lange Flure, bis er vor dem Zimmer Nr. 6 Platz nahm. Er war sicher: alles würde sich aufklären.

‚Vorgang, 11107/5698. Bürgerix Karl!' ---

Er trat ein.

Kapitel 3

Ein fünfköpfiges Gremium erwartete Karl und erwiderte seinen obligatorischen Gruß, in dem der Name der großen Führerin vorkam, mit der Formung der Raute. Er stellte überrascht fest, dass nur vier der fünf Amtspersonen ordnungsgemäße Dienstmasken trugen. Eine der Personen, die er intuitiv als weiblich einstufte, obwohl diese diskriminierenden Zuschreibungen ja seit vielen Jahren verboten waren, trug keinen Mund-Nasen-Schutz. Karl hatte gerüchteweise davon gehört, dass höhere Staatsbeamte sowie Nomenklatur-Kader der NEP, der Neuen Einheits-Partei, von der allgemeinen Maskenpflicht ausgenommen waren. Er hatte das, ehrlich gesagt, für eine Verschwörungstheorie gehalten. Aber andererseits hatte es bestimmt seinen tieferen Sinn, denn auch die große Führerin trug nur zu ausgewählten Fototerminen, aber nie im Dienst Maske.

„Bürgerix Karl", sprach nun diese hochgestellte Persönlichkeit. „Lassen Sie uns ohne Umschweife zur Sache kommen. Sie bereiten uns Kummer. Sie haben sich eines Maskenvergehens schuldig gemacht. Sie haben sich mehrfach unbefugt die Nachtmaske vom Gesicht gerissen."

„Aber das kann nicht sein", warf Karl zitternd ein.

„Durch das Leugnen von elektronisch aufgezeichneten Tatsachen werden Sie Ihre Lage nicht verbessern", sagte die Amtsperson streng.

„Aber es geschah immer unbewusst. Im Schlaf. Ich habe Alpträume!" rief Karl. „Mir träumt, dass die große Führerin gestorben ist, woraufhin die Seuche mit voller Wucht über das Land hereinbricht und die Millionen Tote fordert, die der Hohe Virologische Rat bereits im Jahre 2020 prognostiziert hatte."

„Wir haben allein in den letzten sechs Monaten siebzehn Verstöße festgestellt", erwiderte die Anstaltsleiterin ungerührt. „Es gelten immer noch Gesetze und Regeln im Siedlungsgebiet. Unsere Algorithmen haben ausgerechnet, dass Ihr Sozialkonto damit deutlich ins Minus gerutscht ist."

„Aber was ist mit den Gutschriften und Boni?" fragte Karl verzweifelt. „Ich habe mehrere Vergehen von Familienmitgliedern gemeldet, darunter auch die meines Elter 1!"

„All diese Boni wurden rückwirkend gestrichen", entgegnete die Stimme kühl. „Denn unsere Wissenschaftler*ix haben herausgefunden, dass Verwandtschaft nur ein Konstrukt ist. Diese Information wurde vor drei Tagen in unserem freien, öffentlich-rechtlichen Rundfunk gesendet. Oder wollen Sie etwa andeuten, den Pflichtempfang der ‚Aktuellen Tageskamera' verabsäumt zu haben?" fragte die Amtsleiterin in bedrohlich klingendem Ton.

„Nein, nein! Es war mir leider nur eben entfallen, ich bitte Sie um Entschuldigung!" entgegnete Karl mit tränenerstickter Stimme wahrheitsgemäß, denn er hatte wirklich keine Sendung verpasst.

„Weitere Abzüge gab es unter anderem für Verstöße gegen die Regeln der gesunden Ernährung", fuhr die Stimme geschäftsmäßig fort. „Sie erwarben im letzten Quartal ohne ausdrückliche schriftliche Genehmigung eine Reihe wenig nahrhafter Produkte und der aufgenommene Zuckeranteil im Blut war zu hoch, weshalb wir überdies Ihre Beiträge zur Krankenversicherung anpassen müssen. Wir geben Ihnen aber die Möglichkeit, Ihr Sozialkonto auszugleichen."

„Ja, bitte, was kann ich dafür tun?" flüsterte Karl. „Ich sammle Punkte für meinen FDGB-Urlaub in zwei Jahren!"

„Das wissen wir", sagte die Amtsperson milde. „Wir sehen auch Ihre Verdienste wie Ihre frühere Tätigkeit bei den Maskaran. Daher behandeln wir Ihre Vergehen zunächst als bloße Ordnungswidrigkeiten und nicht als Straftaten. Aber auch unsere Geduld ist endlich. Ich sperre jetzt Ihre Kreditkarte. Wir setzen Sie für zwölf Wochen in der Spargelernte ein. Wenn Sie dort die Tagesnorm erfüllen und sich sonst nichts zuschulden kommen lassen, wird Ihr Sozialkonto nach Ablauf dieser Zeitspanne ausgeglichen sein. Es wird Ihnen pro erfolgreich absolviertem Tag ein Punkt gutgeschrieben. Sie begeben sich nun in die Effektenkammer, entkleiden sich dort vollständig und bereiten sich auf die Leibesvisitation durch unser geschultes medizinisches Personal vor. Dann nehmen Sie Ihre Uniform sowie ein Sortiment an Nacht- und Arbeitsmasken in Empfang und warten auf den Sammeltransport nach Beelitz."

Das Gremium erhob sich. Die Verhandlung war geschlossen. Wie in Trance stammelte Karl einen Dank, formte mit den Händen eine Raute, brachte den vorgeschriebenen Hochruf auf die große Führerin und den Hohen Virologischen Rat aus, schloss die Tür hinter sich und schlurfte über die langen Flure des Amtes in Richtung Kleiderkammer von dannen.

Kapitel 4

Effektenkammer und MedPunkt befanden sich in einem anderen Flügel des riesigen Sozialamts-Komplexes. Karl stapfte allein und unbeachtet durch die langen Gänge.

Was konnte er tun? Fliehen?

Wie aussichtlos und abwegig dieser Gedanke war, konnte er sich an fünf Fingern einer Hand abzählen. Wahrscheinlich würde er schon beim Verlassen des Gebäudes von den Drohnen gestellt werden, denn sicherlich war sein veränderter Status schon neu programmiert, was bei nicht adäquatem Verhalten einen Alarm auslöste. Außerdem patrouillierten die Roboterhunde auf dem Gelände und im angeschlossenen ehemaligen, jetzt baumlosen Park, der betoniert und zu einem Parkplatz umfunktioniert worden war. Selbst wenn er es – was völlig unmöglich war – bis nach Hause schaffte: Wie sollte er mit deaktivierter Kreditkarte die elektronische Sperrverriegelung der Tür zu seinem Zimmer in der Gemeinschaftsunterkunft öffnen? Zudem wäre ohne funktionsfähige Karte selbst der käufliche Erwerb einer Scheibe Brotes utopisch. Er selbst hatte im Jahre 2021 für die Abschaffung des Bargeldes gestimmt, weil an diesem bekanntlich das Virus haftete, so es denn in die Existenz getreten wäre, und ohnehin war das kontaktlose Bezahlen viel bequemer. Es war auch das Jahr, in dem die große Führerin nach einer aufgrund der bedrohlichen Umstände notwendig gewordenen Briefwahl mit 98,7% der Stimmen ihre fünfte Amtszeit antrat, die bis heute, das heißt ins Jahr 2050, andauerte.

Theoretisch konnte er sich den Chip herausoperieren oder sicherheitshalber den gesamten Arm amputieren. Und dann bei jemandem unterschlüpfen. Aber dank des dreißig Jahre andauernden Kontaktverbotes hatte Karl wie jeder Bürger des Landes keine Freunde. Nachbarn, Kollegen und Verwandte hingegen würden ihn sofort bei den Behörden melden und für diese Zivilcourage eine Menge Bonuspunkte kassieren. Das konnte Karl ihnen nicht verdenken. Denn er hätte im umgekehrten Fall natürlich genauso gehandelt. Das Strafmaß war dem Verbrechen angemessen. Der freie öffentlich-rechtliche Rundfunk hatte über die wenigen solcher Fälle ausführlich berichtet. 25 Jahre verschärftes Arbeitslager mit anschließender Sicherungsverwahrung oder die Einlieferung in die Psychiatrie, denn wer sich einer von vornherein derart aussichtslosen Flucht unterfing, der konnte nur nicht ganz richtig im Kopf sein. Das hatte Karl selbst auch immer wieder betont und sich über diese sog. Verschwörungstheoretiker und Freiheits-Extremisten stets lustig gemacht.

Intuitiv hatte er ja den leisen Verdacht, den er sich aber nicht mal sich selbst gegenüber deutlich einzugestehen wagte, dass die Amtsleiterin nur geblufft hatte. Vielleicht lagen die erwähnten elektronischen Aufzeichnungen seiner angeblich siebzehn Nachtmaskenvergehen in Wirklichkeit gar nicht lückenlos vor? Aber erstens trug die Beweislast in der neuen Demokratie stets der verurteilte Delinquent und zweitens brauchte der Staat halt dringend Arbeitskräfte für die Spargelernte, da die Grenzen des Siedlungsgebietes aufgrund der drohenden Epidemie ja bereits seit Jahrzehnten geschlossen waren, so dass die Spargelstecher aus dem Bestand der schon länger hier Lebenden rekrutiert werden mussten. Karl hatte dafür vollstes Verständnis. Denn der Spargel war nun mal reif. Sollte das wertvollste Gemüse dieses Agrarstaates etwa verrotten? Karl beschloss, diese zwölf Wochen positiv und voller Elan anzunehmen. War es im Grunde nicht eine Ehre, dass gerade er für diese gesellschaftlich notwendige Tätigkeit erwählt wurde durch das Gremium? Mit diesen warmen Gedanken erreichte Karl die Effektenkammer.

An der Sicherheitsschleuse wurde seine Iris gescannt und er bekam einen Jutebeutel, in den er seine Privatsachen legte. Dann reihte er sich nackt in die Schlange der wartenden Personen ein, die im gewohnten Abstand von zwei Metern vor dem MedPunkt warteten. Selbstverständlich musste verhindert werden, dass jemand das tödliche Virus ins wirtschaftliche Kerngebiet schleppte. Die Spargelzucht war seit dreißig Jahren die hiesige Schlüsselindustrie. Nach etwa einer Stunde war Karl dran. Der Amtsarzt des staatlichen Infektions- und Seuchenschutzes musterte ihn. Eine zwei Meter große, vierschrötige, mutmaßlich männliche Person mit Gasmaske und Fleischerschurz. Erst wurde Karl ein Speichelabstrich entnommen, dann erfolgte das Kommando: „Bücken!". Karl legte den Oberkörper über eine Art Bock, wodurch sich sein Hinterteil automatisch nach oben wölbte. „Entspannen - Backen auseinander!" rief der Hüne und führte eine Stabsonde in Karl ein, um das Innere seines Darms auszuleuchten. Denn erstens konnte sich das schlauerweise mutierte Virus überall verstecken und zweitens musste verhindert werden, dass jemand etwas Unerlaubtes ins Wirtschaftsgebiet schmuggelte. Karl durchfuhr in diesem Moment der wohlige Gedanke, dass soeben in Gestalt der Sonde der Staat selbst ihn penetrierte. Es fühlte sich nicht nur angenehm, sondern auch konsequent an und es machte ihn daher glücklich.

„Zweimal negativ!" schnarrte der Befund des ausfahrenden Medizinalbeamten, der von einer dabeistehenden Krankenschwester notiert und über W-Lan in Karls implantierten Chip kopiert wurde. Karl wurde neben einem Sortiment Masken sein Arbeitsoverall ausgehändigt, in den eine vollständige Maske bereits integriert war, was Sinn machte.

Alsdann stellte Karl sich neben den anderen Spargelstechern auf und sie rückten bald in geschlossener Formation in den Hof des Amtes aus, wo drei große AM 2021 Transportdrohnen mit jeweils 100 Personen Fassungsvermögen gelandet waren. Ihre erste Schicht sollte schon heute beginnen!

Kapitel 5

Das Einsteigen in die AM 2021 Transportdrohnen verlief angesichts der 300 Arbeitskräfte recht zügig. Da alle bereits medizinisch durchgecheckt waren, genügte ein einfacher Körperscan inklusive elektronischer Identitätsprüfung plus Fiebermessen. Alle trugen bereits ihre Arbeitsoveralls und ihnen wurden an der Gangway die Schutzbrillen ausgehändigt, denn jedes Kind weiß, dass das Virus gern auch über die Augen in den Körper eindringt.

Der Flug nach Beelitz dauerte nur fünfzehn Minuten. Nach der Landung fand eine Feldbesichtigung statt, zu der die Ankömmlinge von selbstfahrenden Bussen gebracht wurden. Karl war ziemlich aufgeregt, denn da er im Homeoffice war, hatte er schon seit Jahren nicht mehr körperlich gearbeitet. Die Norm musste aber geschafft werden, damit pro Tag ein Sozialpunkt gutgeschrieben werden konnte.

Ein schönes Erlebnis bei der Betriebsbesichtigung gab ihm Auftrieb. Einer seiner neuen Vorgesetzten war ... Achmett! Er hatte den alten Bekannten trotz Maske und Schutzbrille gleich erkannt - an seinem unverwechselbaren Akzent. „Abstand?" rief Karl.

„Abstand!" schallte es zurück. Beide gingen in die Hocke, wölbten ihre Ellenbogen nach außen und deuteten eine Körperberührung an. Das war ihre alte Begrüßung gewesen. Achmett hatte ihn also auch erkannt. „Zwei Meter zehn!" rief Karl, den elektronischen Zollstock zückend. „Perfekt, alter Freund!" erwiderte Achmett.

Sie hatten sich bereits im Herbst 2015 kennen- und schätzen gelernt. Karl erinnerte sich daran, als ob es gestern gewesen wäre. Als der Zug mit den minderjährigen Flüchtlingen aus dem Süden auf dem Hauptbahnhof ankam, war Karl der Vierzehnjährige mit dem schwarzen Vollbart sofort aufgefallen. Er schenkte ihm einen Teddybären, übernahm eine persönliche Patenschaft und unterstützte ihn bei Behördengängen. Achmett hatte in Rakka als Henker gearbeitet, aber in den Wirren der Zeit seine Festanstellung verloren und war zufällig im hiesigen Siedlungsgebiet gestrandet. Wie viele seiner Kollegen konnte er eine Umschulung zur Security-Fachkraft antreten; parallel lotste Karl ihn zu den Maskaran, die fachkundige Verstärkung gut gebrauchen konnten. Sie waren ein perfektes Team und brachten viele Maskenverweigernde in die neu erbauten Psychiatrien. Dieses Praktikum half dem Freund später bei der Übernahme in den staatlichen Polizeidienst, der damals aufgrund rechter Tendenzen von Grund auf erneuert werden musste. Nun also war er wie viele seiner einst geflüchteten Kollegen verbeamtet und an sensibler Stelle in der Spargelindustrie im Bereich der Aufsicht eingesetzt, was Karl ganz besonders freute, da damit die Diskriminierungen der *People of Colour* aufgehoben waren und sie den Spieß endlich umdrehen konnten.

Karl lebte sich recht gut im Kollektiv der Spargelstecher ein. Diese Arbeit war hart, aber sie musste getan werden. Wecken war um fünf Uhr. Schichtbeginn auf den nahegelegenen Spargelplantagen um sechs. Gearbeitet wurde bis Sonnenuntergang. Wenn Karl abends ins Bett fiel, tat ihm gehörig der Rücken weh und ebenso die vom grauen Overall aufgescheuerten Schultern. Aber er biss die Zähne zusammen, so wie er es immer gehalten hatte, wenn er früher zu gesellschaftlich nützlichen Tätigkeiten auf freiwilliger Basis herangezogen wurde.

Es fehlte ihm an nichts. Die Masken-Overalls und die Mahlzeiten wurden vom Staat zur Verfügung gestellt.

Interessanterweise gab es nie Spargel, was Karl, der den Geschmack dieses edlen Gemüses aus seiner Jugend dunkel erinnerte, aber gar nicht weiter auffiel. Das heißt, er stellte diese Frage nicht. Karl stellte wenig bis keine Fragen. Am wenigstens sich selbst. Warum auch. Alles war klar geregelt. Vom morgendlichen Zählappell über die täglichen Gesundheitschecks bis hin zu den knapp bemessenen Freizeitaktivitäten, die der Wiederherstellung der Arbeitskraft der nach Beelitz Delegierten dienten.

Bereits an Bord der AM 2021 hatte eine Computerstimme die Mitfliegenden auf einen der kulturellen Höhepunkte ihres mehrmonatigen Aufenthaltes in Beelitz hingewiesen. Denn just in diese Zeitspanne fiel das 45-jährige Amtsjubiläum der großen Führerin. Karl empfand es als besondere Ehre, dieses im Kreise der neuen KameradInnen begehen zu dürfen. Jeden Sonntag probten die LagerinsassInnen für dieses Kulturprogramm. Nachgestellt wurden die Szenen der Machtergreifung im Jahre 2005, über die große Öffnung von 2015, der triumphale Sieg über den ehrgeizigen Bewerber Friedrich April und die Periode der angezogenen Zügel und Daumenschrauben bis hin zur fünften Amtszeit nach der letzten Briefwahl im Jahr 1 der großen Seuche. Danach änderten sich die politischen Verhältnisse im Siedlungsgebiet nicht mehr, weil die Demokratie endgültig gesiegt hatte.

Am besten gefiel Karl das Nachstellen der einzelnen historischen Parteitage der maskenlosen Zeit. Es war ein erhebendes Gefühl, sich als Teil einer Gemeinschaft applaudierender Massen zu fühlen, denn an diesen Sonntagen kamen die Arbeitenden aller Beelitzer Baracken im „Großen Kultursaal der hier Lebenden" zusammen – es waren tausende.

Am Rande dieser sonntäglichen Proben ereignete sich etwas Eigentümliches, das Karl in tiefere Verwirrung stürzen sollte.

Er lernte Rita kennen.

Kapitel 6

Sie warf ihm verstohlene Blicke zu, als sie an der langen Tafel des Speisesaales platzgenommen und mit Sicherheitsabstand auf Kommando des zwischen den Reihen patrouillierenden Roboterhundes die Masken abgestreift hatten. Hier wurde noch konventionell gegessen. In einem der moderneren Nebenlager wurde in einem einmaligen Pilotprojekt mit Magensonden, sterilen Schläuchen und Nährlösungen experimentiert. So aber erkannte Karl durch das Plexiglas, dass es sich vermutlich um ein Wesen mit ehemals als weiblich klassifizierten Sekundärmerkmalen handelte. Sie lächelte und raunte ihm zu, dass sie ihn am nächsten Sonntag abends nach den Proben um 22 Uhr am Eingang von Baracke 67 treffen wolle. Sie heiße Rita.

„Ich heiße Karl", stammelte er.

„Und kommst du wirklich?" ---

„Ja, ich komme", erwiderte unser Held.

Bereits in dieser Nacht fand Karl keine Ruhe. Was hatte das ungewöhnliche Ansinnen dieser fremden Person zu bedeuten? Er wälzte auf seinem tragbaren Teleschirm die Vorschriften des Sozialamtes für das Lager Beelitz. Waren private Treffen erlaubt? Erst recht dieser Art? Musste er bei Achmett, Abdul, Nabil oder einem anderen seiner Chefs um Erlaubnis fragen? Die gesamte Arbeitswoche über war Karl die Unruhe anzumerken; er hatte Mühe, die Arbeitsnorm korrekt zu erfüllen. Auch bei den Proben zum Kulturprogramm wirkte er fahrig. Er verhaspelte sich beim Merkelunser und setzte beim „Wir schaffen das" zu spät ein, was ihm einen Rüffel von Chorleiter Mohamed eintrug und weshalb ihm sicherheitshalber per Zäpfchen vor versammelter Truppe die Körpertemperatur gemessen wurde.

Zurück im Lager schlich er kurz vor zehn aus dem Schlafsaal. Nach ein paar Minuten kam er an Baracke 67 an. Dort wartete sie bereits auf ihn. Rita. Sie bedeutete ihm mit einer Handbewegung, ihr zu folgen.

Sie gingen einige Meter auf der asphaltierten Straße entlang. Über ihnen nur der Vollmond und das leise Surren der Drohnen.

Dann bog sie plötzlich von der Straße auf einen Sandweg ein. Karl zögerte. Sie winkte energisch. Sie gingen über den Rasen und näherten sich der Baracke 67 von hinten.

„Hier, im Windschatten der Baracke, sind wir unbeobachtet, Liebster", säuselte Rita. „Das ist ein toter Winkel; die Drohnen können uns hier nicht orten." ---

„Aber das ist gegen die Vorschrift!" flüsterte Karl aufgeregt, dem schon das unbefugte Betreten des Rasens einen Schweißausbruch verursacht hatte. ---

„Ach, halt die Klappe, Dummerchen", erwiderte Rita lachend. "Weißt du überhaupt, was hier gespielt wird?"---

„Was meinst du?" fragte Karl erstaunt. ---

„Na, warum kriegen wir denn hier nie Spargel zu essen, obwohl wir den selber ernten? ---

„Ich weiß nicht", sagte Karl ehrlich. ---

„Na, weil der in die Uckermark geliefert wird. Der ist für die große Führerin und ihre Höflinge aus der Partei bestimmt! Der Rest geht an die Südländer!"

Rita klang aufgebracht. Was Karl nicht verstehen konnte.

„Das ist doch sehr schön", sagte er erfreut. „Die große Führerin hat uns nun über viele Jahrzehnte auf Sicht durch die Krise gesteuert. Ihr gebührt nur das Beste unserer Hände Arbeit. Möge ihr Gaumen sich an dem edlen Spargel laben. Und was die armen Südstaaten angeht: wir sind doch ein reiches Siedlungsgebiet. Man muss teilen können." ---

Rita schwieg. Sie schien eine Antwort dieser Art erwartet zu haben. Denn so wie Karl redeten und dachten alle. Aber sie war fest entschlossen, um ihn zu kämpfen und setzte nun alles auf eine Karte. Sie erzählte ihm, dass es in der Hauptstadt Leute gäbe, die bei heimlichen Zusammenkünften in der Kanalisation ihre Masken absetzten und Kritik an der Lage im

Siedlungsgebiet, ja, auch an der Partei und der großen Führerin übten. Sie selbst habe bereits mehrfach an diesen verbotenen Versammlungen teilgenommen. Dies wäre aber ein gut gehütetes Geheimnis und den Behörden bisher nicht bekannt; sie selber sei aus anderen, vergleichsweise nichtigen Gründen zum Arbeitseinsatz herangezogen worden.

Karl schwieg. Er fühlte ein deutliches Unwohlsein in sich heraufsteigen. Wie sollte er aus dieser Situation wieder herauskommen?

Rita näherte sich ihm.

„Abstand!" rief Karl, der bereits den elektronischen Zollstock gezückt hatte. Aber Rita hatte den gesetzlich vorgeschriebenen Mindestabstand bereits unterschritten und sich ihrer Maske entledigt. Mit energischem Schwung riss sie nun Karl Maske samt Schutzbrille herunter. Ihr entblößtes Gesicht näherte sich dem seinigen und Karl sah ihre roten Lippen auf sich zurasen.

Beinahe wäre es zum körperlichen Kontakt gekommen.

Karl war schon im blitzartigen Zurückweichen sofort klar, dass er dieses Vorkommnis melden würde. Das gebot sein staatsbürgerliches Pflicht- und Ehrgefühl und natürlich die allgegenwärtige, alles überragende Sorge um sein Sozialpunktekonto. Schreiend und über die Grasnarbe stolpernd floh er den Ort des

Übergriffes. Im Laufschritt erreichte er seine Baracke, desinfizierte Gesicht und Hände und wechselte in Windeseile die Alltags- gegen die Nachtmaske. Dann begann er mit Taschenlampe unter der Bettdecke, um die 300 KameradInnen im Schlafsaal nicht zu stören, den Bericht zu schreiben.

Wir können uns kurzfassen. Die Regelübertretung blieb für beide Delinquenten nicht folgenlos. Rita wurde in ein anderes Spargelkombinat strafversetzt. Karl wurden wegen unerlaubten Entfernens aus dem Sichtbereich der Drohnen 28 Sozialpunkte abgezogen. Seine Arbeitszeit in Beelitz verlängerte sich automatisch um weitere drei Wochen. Mildernd angerechnet und mit 7 Punkten wurde ihm gutgeschrieben, dass er ein vollumfängliches Geständnis abgelegt, damit eine Dissidentin samt Umsturzplänen überführt und anderntags beim Fahnenappell vor der gesamten Belegschaft schonungslose Selbstkritik geübt hatte.

Kapitel 7

Die verlängerte Zeit im Lager war hart, aber auch schön für Karl gewesen. Er spürte, wie er täglich mit seiner Arbeitskraft das Siedlungsgebiet im Ganzen als auch die große Führerin im Besonderen stärkte, der er sich nicht nur in unverbrüchlicher Treue verbunden, sondern in jenen Stunden, in denen sein Rücken von der Erntearbeit besonders schmerzte, sehr nah fühlte.

Nach Monaten also traf er mit dem AM 2021 Transporter an der Seite von hundert Mitarbeitenden auf der Landefläche des Sozialamtes der Hauptstadt ein. Das zielführende Gespräch mit der ihm bereits bekannten fünfköpfigen Kommission verlief sehr erfreulich. Die dem Gremium vorsitzende Amtsperson händigte Karl ein abgestempeltes Zertifikat aus, in dem ihm ein nun ausgeglichener Stand des Sozialpunktekontos bescheinigt wurde: plus-minus Null.

„Bürgerix Karl", sprach die Amtsperson feierlich. „Sie haben die Anforderungen der Spargelernte insgesamt zufriedenstellend erfüllt. Von der Verfehlung eines nicht genehmigten privaten Treffens mit einem negativ-feindlichen Element einmal abgesehen. Aber Sie zeigten sich laut Ihrer Kaderakte einsichtig. Meldeten den Vorfall umgehend und übten öffentlich Selbstkritik. Insgesamt haben wir den Eindruck gewonnen, dass Sie zu einer gewissen Sorglosigkeit neigen. Sie sollten in Zukunft wachsamer sein. Wir geben Ihnen die Möglichkeit, den neuen Typ Nachtmasken aus unserer Serienproduktion zu erwerben, die über ein elektronisches Zeitschloss gesichert sind und erst nach Ablauf der offiziellen Nachtruhe abgenommen werden können. Somit können Sie sich die Maske nicht im Schlaf vom Gesicht reißen. Wir empfehlen Ihnen den Erwerb dringend. Die Gebühren werden Ihnen von der Kreditkarte abgebucht, die wir jetzt wieder freischalten werden. Ihre privaten Sachen können Sie in der Effektenkammer in Empfang nehmen."

Karl durchströmte Glückseligkeit und Stolz. Er formte mit seinen Händen die Raute noch deutlicher aus und verlieh ihr mehr Spannung, bedankte sich für das Entgegenkommen des hohen Gremiums und wagte die Frage, wie seine Chancen auf den in zwei Jahren geplanten FDGB-Urlaub stünden und welche Möglichkeiten es gäbe, außer der Reihe Sozialpunkte zu erarbeiten.

„Wir deuteten es bereits an," entgegnete die Amtsperson. „Erhöhen Sie den Grad Ihrer staatsbürgerlichen Wachsamkeit. Halten Sie stets Augen und Ohren offen. Melden Sie unverzüglich jegliches abweichende Verhalten, dessen Sie gewahr werden. Zeigen Sie Zivilcourage. Sie müssen liefern, Karl! Dann können wir auch über Ihren beantragten FDGB-Urlaub an der Ostsee reden."

Karl bedankte sich nochmals, versprach sein Bestes, verabschiedete sich mit einem Hochruf auf die große Führerin sowie den Hohen Virologischen Rat und verließ den Raum in Richtung Effektenkammer, wo er sich nach einer kurzen ärztlichen Untersuchung wieder in seinen Hosenanzug mit dem rosé Blazer und farblich abgestimmter Alltagsmaske kleidete. Den grauen

Arbeitsoverall mit integrierter Maske, Schutzbrille und Gummihandschuhen durfte er gegen ein kleines Entgelt behalten. Das war sehr praktisch, denn er konnte ihn bei einem der regelmäßigen Subbotniks im Wohngebiet sehr gut tragen. Er stand ihm.

*****

Es war ein wunderbar trüber Spätsommertag. Es nieselte wie immer leicht. Die Stadt lag da wie unter einer Milchglasscheibe.

Karl sah die Luftschiffe der Regierung ihre Kondensstreifen in den Himmel zeichnen und Spezialdrohnen in großer Höhe ihr Gemisch verspritzen, das der andauernden Wolkenproduktion und damit der Dimmung des Sonnenlichtes diente. Alles war wohltemperiert im lauwarmen Bereich. Die Jahreszeiten unterschieden sich kaum noch voneinander. Karl gefiel der diesige Schleier, der feuchte Dunst, der immerwährende Nebel. Er mochte halt keine Extreme und Abweichungen von der Norm eines Mittelwertes.

Aber noch wichtiger war ihm, dass mit dieser Regulierung eine Forderung der renommierten Klimatologin Greta Thunfisch erfüllt und die tödliche, weil alles Leben gnadenlos verbrennende globale Erhitzung endlich gestoppt war. Jedenfalls im Siedlungsgebiet. Er schätzte diese Wissenschaftlerin sehr und konnte sich auch 25 Jahre später noch gut an ihre dramatische Flucht aus Schweden erinnern, die später preisgekrönt verfilmt wurde. Nachts in einem Katamaran über die stürmische Ostsee ins Siedlungsgebiet, wo sie von allen Einwohnenden sehr verehrt, von der großen Führerin persönlich mit den höchsten staatlichen Auszeichnungen bedacht und von den besten für ihren Fall zur Verfügung stehenden Ärzten betreut wurde.

Karl hatte das Glück, dass ihm das Sozialamt eine Ausgangsgenehmigung bis zum Abend ausgestellt hatte. Stolz zeigte er seinen Passierschein den Militärstreifen vor, die ihn ausgangs des weiträumigen Geländes der Behörde und mehrfach auf dem Weg nach Hause stoppten. Es war verdächtig, dass sich eine Einzelperson zu Fuß durch die Straßen bewegte und nicht die selbstfahrenden, zentral registrierten Vehikel oder Lufttaxis benutzte. Aktive Fußgängerei war laut der Polizei-Statistik einer der häufigsten Haftgründe, zumindest dann, wenn auch Laufbänder zur Verfügung standen.

Karl kam an den Versorgungsstützpunkten der Handelsorganisation HO vorbei, vor denen Schlangen von Menschen nach Brot anstanden, die sich aufgrund des vorgeschriebenen Sicherheitsabstandes auf mehrere hundert Meter erstreckten. Er sah die Roboterhunde ihre Arbeit beim Messen der korrekten sozialen Distanz in beeindruckender Präzision verrichten und lauschte dem vertrauten Surren der

Drohnen direkt über ihm, die über die Einhaltung der allgemeinen Sicherheit wachten, seine Identität prüften und ein Bewegungsprofil von ihm anfertigten. Kurzum, das Leben im Siedlungsgebiet verlief reibungslos und unseren Helden erfüllte dies mit jener tiefen Zufriedenheit, die wir bereits an ihm kennen- und schätzen gelernt haben.

Karl setzte seinen Weg fort, der ihn auch an der George-Floyd-Universität vorbeiführte, an der er einst im Jahre 2021 sein Studium der Politikwissenschaft aufgenommen hatte, das er nach 37 Semestern abschloss. Die mit Blattgold überzogene 100 Meter hohe Statue des berühmten Namensgebers gleißte im elektrischen Licht riesiger Scheinwerfer. Karl stellte befriedigt fest, dass am Fuße des gigantischen Monuments frische Blumen aus umweltverträglichem Kunststoff niedergelegt waren. Das geistige Erbe des Märtyrers wurde mithin auch dreißig Jahre nach seinem Opfergang von den Studierenden gehegt und gepflegt. Eine Erkenntnis, die Karl sehr bewegte und mit tiefer Zuversicht für die Zukunft erfüllte. Er hielt inne, verneigte sich, kniete nieder und konnte die Tränen nicht zurückhalten, die seine Maske durchfeuchteten.

Bald schon, nach nur einer Stunde, fasste sich Karl, erhob sich, setzte seinen Weg fort und näherte sich seinem Wohngebiet.

Es war ein unbeschreibliches Gefühl, nach Monaten wieder vor seinem Block Nr. 179 zu stehen.

Passierscheinkontrolle beim Wachpersonal, Iris-Scan, Rachenabstrich, Fiebermessen, Dekontaminationsschleuse, Desinfektionsdusche.

Der Alltag hatte ihn wieder.

Karl war zu Hause.

So schmeckte Heimat.

Kapitel 8

Im Flur roch es nach Kohlsuppe und scharfem Reinigungsmittel. Das war ein untrügliches wie gutes Zeichen - Marussja hatte heute Dienst! Von allen Etagenaufsichten schätzte Karl diese am meisten. Er schlich sich auf leisen Sohlen in den dritten Stock und durch den langen Flur, um sie zu überraschen. Und schon erblickte er ihre vierschrötige Gestalt, wie sie in der Gemeinschaftsküche mit einem großen Holzlöffel missmutig in einem gusseisernen Bottich aus dampfender Suppe rührte.

„Abstand?" rief er. „Abstand!" erwiderte Marussja die vertraute Formel, die er ihr beigebracht hatte. Zur Begrüßung deutete sie einen Kasatschok an, bei dem sie so anmutig wie es ihr massiger Körper eben zuließ, ihren langen grauen Uniformrock aus grobem Flanell raffte und dabei den Blick auf ihr Krampfadergeschwür über dem rechten Fußknöchel freigab.

„Mensch, du machst Sachen", sagte sie mit einer Mischung aus Tadel und Belustigung. Sie hatte Zugang zu seiner Personalakte und wusste genau, wo er die letzten Wochen gesteckt hatte und warum. Wenn sie keine Maske getragen hätte, hätte Karl sehen können, wie sie ihr künstliches Gebiss fletschte, das mit Goldzähnen bestückt war und beständig Kautabak zu mahlen bekam. Aber da sie ihre Mahlzeiten allein einnahm, hatte Karl sie noch nie ohne Gesichtsschutz gesehen, was wohl auch besser war. Vielleicht war ihr ja der Bartschatten peinlich, den sie trotz jahrelanger Hormontherapie nie wegbekommen hatte.

Alle Etagen in diesem Wohnkomplex wurden gemäß den intersektionalen Statuten des Allgemeinen Infektionsschutzgesetzes von diskriminierten Minderheiten beaufsichtigt und Marussja, die vor dreißig Jahren aus einem östlichen Siedlungsgebiet, in dem ein grausamer Zar herrschte, geflohen war, erfüllte gleich drei wichtige Quoten, was ihr aufgrund des seit 2020 geltenden Gleichstellungs- und Antidiskriminierungsgesetzes deutliche Privilegien gegenüber den hier schon länger Lebenden sowie Cis-Personen einräumte. Sie wechselte sich in der Etagenleitung mit Aishe, Aayana, Delaila, Jasira und Imara ab, was auch Abwechslung in die Speisekarte brachte, denn so gab es neben Kohlsuppe oder

Soljanka auch Graupeneintopf mit Graubrot, knusprigen Tofu, schmackhaften Gemüsedöner sowie diverse einfachere Mais- und Wurzelgerichte aus der afrikanischen Savanne.

Karl schätzte besonders den von Marussja so köstlich zubereiteten grusinischen Tee. ‚Darin ist der Duft des Himmels und der Erde' pflegte sie immer zu sagen. Die *Deshurnaja* geizte dabei auch nicht mit der Beifügung von Hängolin und schöpfte hier die gesetzlich vorgeschriebenen Dosierungen reichlich aus, womit nebenbei auch die Frage nach Karls Sexualleben beantwortet wäre.

Alle diensthabenden LGBTQI*Personen trugen neben dem ja ohnehin für alle immer obligatorischen Mund- und Nasenschutz selbstverständlich Kopftuch. Das war Pflicht.

Es war ohnehin von Vorteil, sich mit ihnen gutzustellen, die auf jeder Etage die uneingeschränkte Befehlsgewalt innehatten und in direktem Kontakt mit dem Sozialamt standen, das sie ausbildete, einsetzte und ihre Therapie bezahlte. Eine Aufsichtsperson war jederzeit sehr genau darüber im Bilde, was auf ihrer Etage ablief. Im Bilde war hier wörtlich zu nehmen, denn in ihrem mit aller Hightech des Jahres 2050 ausgerüsteten Dienstkabuff liefen die Live-Daten aller Insassen der Wohneinheit zusammen. Jede/r hier war allzeit gut beschirmt und behütet. Jeder Trakt war mit hochauflösenden Kameras, den sogenannten

Teleschirmen, ausgestattet, die Sende- und Empfangsgerät zugleich waren. Man konnte sie leiser stellen, aber nicht ganz ausschalten. Jedes Geräusch, das über ein Flüstern hinausging, würde von der feinen Sensorik registriert werden.

Überflüssig zu erwähnen, dass Karl dies begrüßte. Schließlich hatte er nichts zu verbergen. Er sprach grundsätzlich, schon um sich nicht verdächtig zu machen, in normaler Zimmerlautstärke. Zu lautes Reden war aufgrund des damit einhergehenden Aerosolausstoßes, der in hoher Konzentration auch durch Masken drang, ohnehin untersagt. Um die durch die rund um die Uhr geöffneten Fenster einströmende Frischluft optimal zirkulieren zu lassen, hatten die vom langen Flur abgehenden Stuben, die mit jeweils zwölf bis fünfzehn Personen in voneinander mit transparenten Plexiglasscheiben getrennten Dreifachstockbetten belegt waren, keine Türen. Damit entfiel auch das Risiko, sich mit dem Griff auf die Türklinken via Schmierinfektion anzustecken. Das galt selbstverständlich und erst recht für die Sanitäreinrichtungen mit ihren installierten Kontrollschirmen, denn dies waren besonders sensible Zonen der Sauberkeit, die stets steril zu halten waren.

Hygiene war der Dreh- und Angelpunkt in diesen Zeiten. Jede etwaige Übertretung der Regeln, bei welchem Bewohnenden und in welchem Bereich des Traktes auch immer, löste automatisch einen Alarm aus und konnte so umgehend geahndet und dem Virus damit schon im Ansatz seines Überspringens ein Riegel vorgeschoben werden. Die betreffende Person wurde für einige Wochen in die Quarantänestation des Blocks verlegt. Ohnehin wurde jede/r Bewohnende rein prophylaktisch mehrfach am Tag diversen Tests unterzogen.

Ja, es kam nicht von ungefähr, dass die Seuche bisher vom Hohen Virologischen Rat und seinen staatlichen Gliederungen am Ausbruch gehindert werden konnte. Diese Gliederungen reichten über sehr viele Ebenen und feinste Verästelungen bis ganz nach unten. Von der großen Führerin ganz oben angefangen bis hinab zu Karl eben, der sich als ein kleines, gleichwohl aber wertvolles Zahnrädchen in einem gigantischen, gut geölten Getriebe fühlte, worauf er sehr stolz war.

*****

Karl unterstützte Marussja unter anderem bei der Organisation von Spontan-Subbotniks. Manchmal durfte er die traditionelle Trillerpfeife bedienen und das Kommando geben, das dann durch die langen Flure der Etage hallte: ‚In fünf Minuten raustreten zum Subbotnik!'. Wer sich drückte, zu spät raustrat, mit mangelndem Elan oder fehlendem Werkzeug, der setzte sich dem gerechtfertigten Vorwurf aus, ein Egoist zu sein und musste mit dem Verlust von Sozialpunkten rechnen, weshalb alle freiwillig ohne sichtbares Murren mitmachten. Es wurde in geschlossener Ordnung auf den angrenzenden Exerzierplatz ausgerückt, diverse Ausbesserungen am Asphaltbelag vorgenommen, Unrat gesammelt oder anfallendes Unkraut gejätet.

Ganz besonders liebte Karl aber die Spontan-Demonstrationen, deren Leitmotive sehr unterschiedlich sein konnten. Mal hieß es „Ungeteilt für die Große Führerin!", „Auf, auf zur Erfüllung der Jahrespläne!" oder „Geschlossen stehen wir hinter dem Hohen Virologischen Rat!". Oder auch einfach „Nein zum Virus - No pasarán!". Der Phantasie waren hier im Rahmen der von den Behörden streng vorgegebenen Losungen keine Grenzen gesetzt. Stundenlang zogen die Demonstrationszüge um die Wohnblocks und alles wurde von den Drohnen und Roboterhunden elektronisch aufgezeichnet und ging in die Jahreswertung der einzelnen Wohnkollektive und damit in die zentrale Punktvergabe ein, woran ja viele Vergünstigungen hingen, die erteilt oder gestrichen werden konnten, sei es die Zuteilung zusätzlicher Brotmarken oder anderer streng rationierter Produkte wie Südfrüchte oder Ersatzteile aller Art, die zu den Geburtstagen der großen Führerin und den Jahresendfesten fällig wurden.

Zwischendurch stoppten die Züge und das war die Chance für einzelne Redner, eine schnell aufgestellte Trittleiter zu erklimmen oder auf eine umgedrehte Apfelsaftkiste zu springen. Hier kam es darauf an, sich gekonnt in Positur zu setzen, das heißt einen guten Winkel für die Aufnahmen der Drohnen zu erhaschen. Man nannte es ‚Virtue Signaling', was soviel bedeutete wie sichtbare Tugendkundgabe. Es ging darum, per öffentlicher Gutheitsbekundung das Gute zu bewirken, es quasi in die Welt zu zwingen und sie auf diese Weise besser zu machen, sprich, die gesellschaftliche Entwicklung im Siedlungsgebiet unter den Bedingungen des Allgemeinen Infektionsschutzgesetzes kreativ zu befruchten. Natürlich war es auch sehr wichtig, sein Sozialpunkte-Konto aufzuwerten.

Karl war sehr gut auf diesem Gebiet. Er hatte an der Uni in der Arbeitsgruppe ‚Virtue signaling' mitgewirkt. Die offizielle Liste der guten Taten war sehr lang und wurde täglich aktualisiert. Weit vorn in der Gewichtung für die Punktvergabe lag traditionell das Fordern der unbegrenzten Aufnahme von Menschen aus dem Süden und der Übernahme von Patenschaften für unbegleitete Kinder, wie es Karl ja bereits viele Jahre zuvor für Achmett getan hatte. Punkte brachte vor allem auch das Anprangern von Missständen wie etwa das Entlarven noch bestehender Formen von Hetze, das Melden von Freunden und Angehörigen für das Verwenden von Altsprech oder anderer Übertretungen wie etwa der ungerechtfertigte Verzehr von Fleisch oder von schädlichem Zucker. Nicht selten kam es insbesondere bei Treuebekundungen zur Partei und der großen

Führerin vor, dass Redner sich so in Ekstase schrien, dass sie bewusstlos von den Trittleitern fielen. Das brachte Bonuspunkte, aber der Kollaps musste echt sein, was von sofort herbeieilenden Ärzten überprüft wurde, die jede Übertragung medizinisch überwachten.

*****

So sehr Karl auch die Stetigkeit des Tagesablaufs in seiner Wohneinheit schätzte, so sehr war er doch auch der ein oder anderen Abwechslung nicht abgeneigt. Am Abend seines ersten Tages nach Rückkunft aus dem Erntelager saß er über nichts sinnierend am vergitterten Fenster seines Zimmers und ließ seinen leeren Blick über den düsteren Innenhof schweifen. In der Ferne glitt ein Helikopter zwischen den Dächern herunter, schwebte für einen Moment lauernd wie eine Schmeißfliege und schwirrte dann in einem weiten Bogen wieder ab. Karl bemerkte nicht, dass mehrere Personen im Dunkeln aus dem Fluggerät abgesprungen waren. Es war eine Polizeistreife des Seuchensicherungshauptamtes, die stichpunktartige Kontrollen unter den Bewohnenden der Blocks vornahm. Schon hörte er die eisenbeschlagenen Stiefelabsätze im langen Flur näher kommen und jetzt flog die Tür zu seiner Stube aus den Angeln:

"Maske runter! Mund auf!" --- „Gut, sehr brav! So, rein das Stäbchen. Schön tief in den Rachen und am besten noch ein kleines Stückchen weiter!"

Karl musste würgen. Seine Augen wurden groß und traten aus den Höhlen.

„Danke, das war's schon!"

Geschafft. Karl hustete, putzte sich den Mund ab und zog die Nachtmaske wieder auf, während das Teströhrchen mit seiner Speichelprobe in einem der Medizinalkoffer einer der mit Schutzanzügen uniformierten Amtspersonen verschwand. Eine weitere Person im Dienstrange eines Feldwebels durchsuchte währenddessen akribisch Karls Spind und kippte ihn an. Krachend fiel das für die zahlreichen Seuchenalarme benötigte Sturm- und Notfallgepäck mit der Gasmaske, dem Dosimeter, dem PCR-Testbesteck und den Konserven zu Boden, aber unter den ansonsten herauspurzelnden Gegenständen fand sich nichts Verbotenes, wie ein eingesetzter Detektor zweifelsfrei bestätigte. Alles war einwandfrei nach Vorschrift sterilisiert. Der Proband war clean. Natürlich.

Karl mochte diese überraschenden Hausbesuche aus mehreren Gründen. Zum einen brachten sie noch mehr Farbe in seinen, wie er fand, ohnehin sehr interessanten Alltag. Zum anderen dienten sie eben einem alles überwölbenden Zweck: Sie dämmten das Virus ein. Sie retteten Leben.

Und wir wissen ja: er hatte nichts zu verbergen. Jede Kontrolle war somit ein weiterer Schub an Bestätigung der in ihm obwaltenden Gutheit, Sauberkeit und Linientreue. Er spielte mitunter mit dem Gedanken, sich prophylaktisch selbst anzuzeigen, am besten täglich, wenn nicht stündlich. Einfach nur, um weitere Kontrollen auf sich zu ziehen, aus deren erfolgreichem Verlauf sich der Großteil seines Selbstwertgefühls speiste.

Karl spürte zudem, wie nach solchen Besuchen das Gefühl tiefer Dankbarkeit gegenüber den umsichtigen Organen des Siedlungsgebietes fast noch stärker als sonst in ihm aufstieg und jede Pore seines Körpers durchdrang. Er war mit sich und der Welt im Reinen und ging mit dieser inneren Gewissheit seiner selbst zu Bett.

Selig lächelnd unter seiner neuen hochmodernen Nachtmaske schloss er die Augen in froher Erwartung eines weiteren schönen Tages.

Kapitel 9

„Sie waren wegen dir hier!"

Marussja schien aufgebracht, als sie Karl am nächsten Vormittag in ihr Dienstzimmer zitierte.

„Hast du dir in Beelitz etwas zuschulden kommen lassen? Hast du Dreck am Stecken?"

Karl erbleichte unsichtbar unter seiner Alltagsmaske. Er schwieg. Es war wohl besser, Marussja nichts von dem schweren Vorkommnis mit Rita zu erzählen. Falls sie es nicht ohnehin schon wusste. Karl beunruhigte der Gedanke, dass der Fall nicht in seiner elektronischen Personalakte vermerkt sein könnte, deren Kopie er ja unter der Haut trug. Mangelnde Transparenz war etwas, mit dem er nicht umgehen konnte. Von hier war es nicht mehr weit zu Verschleierung, abweichendem Gedankengut und Widerspruch. Karl war dieser Dinge unverdächtig. Er war sauberer und ehrlicher als viele andere auf der Etage. Er war so klar wie ein Kristall. Ein Vorbild. Das spürte er.

Karl stürzte sich in die Tagesarbeit, die er so lange entbehren musste und deren Vielfalt ihm gefiel. So wertete er die Sitzungsprotokolle der Partei aus den Jahren vor und nach dem Virus aus, durchforstete Kinderliteratur nach rassistischen Begriffen und sichtete die zahlreichen Vorschläge von Bürgern bezüglich Umbenennungen von Straßen und Plätzen, die aufgrund verfeinerter historischer Bewertungen in immer kürzer werdenden Abständen vorgenommen werden mussten.

Ein besonderes Anliegen war Karl die Anleitung von Kunst- und Kulturschaffenden. Zu nennen wäre hier insbesondere seine Mitarbeit an einem Leitfaden für empfohlene Themen für Schriftstellende und sonstig

Schreibende und der Erstellung von staatlich zertifizierten Textbausteinen, die unbedenklich verwendet und von den Kreativen auf unterschiedliche Weise miteinander kombiniert werden konnten. Auch war er an der Entwicklung eines Katalogs beteiligt, in dem täglich aktualisierte Empfehlungen für Distanzierungen von Personen und Inhalten gegeben wurden und der besonders stark nachgefragt wurde. Denn eine verspätete oder gar gänzlich unterbliebene Distanzierung konnte für die Betreffenden ernste Folgen zeitigen, da dies als schweigendes Einverständnis mit der Kritik an den Verordnungen des allgemeinen Infektionsschutzes gedeutet wurde und in der Regel Nachforschungen seitens der Ämter nach sich zog. Wer sicher gehen wollte, übte sich in der Kunst der prophylaktischen Distanzierung, das heißt von Inhalten, die noch nicht aktenkundig registriert waren, aber potentiell gedacht werden konnten.

Karl arbeitete im Homeoffice von seinem Wohntrakt aus. Seine winzige Arbeitsnische, die er sich mit den vierzehn anderen Bewohnenden seiner Stube teilte, war direkt vernetzt mit den entsprechenden Unterabteilungen im Informations- und Geschichtsministerium sowie dem Sozialamt. Alle Texte, Verlautbarungen und Korrespondenzen wurden in Echtzeit von einem sich selbst optimierenden Algorithmus gesiebt, der für das Auffinden von sog. *Altsprech* im Netz programmiert war. In der 17. Fassung des Netzsäuberungsgesetzes von 2050 waren alle Details geregelt. Die Grundlagen zu dieser Gesetzgebung waren sehr alt und wurden bereits Jahre vor dem Auftauchen des Virus gelegt. Besondere Verdienste erwarb sich hier vor 32 Jahren der legendäre Minister Haas.

Mit Haas, einem seiner größten Idole, verband sich aber auch einer der traurigsten und intensivsten Momente im persönlichen Leben von Karl. Es trug sich am 24. November 2025 zu. Videokameras zeichneten auf, wie Haas beschwingten Schrittes aus seinem Ministerium federte. In diesem Moment erblickte ihn eine kräftige queer-feministische BIPoC-Aktivistin und versetzte ihm mit dem Ruf „Nie wieder Faschismus!" einen Handkantenschlag. Genau auf die Schläfe. Der schmächtige Haas taumelte und fiel unglücklich mit dem Hinterkopf auf die Bordsteinkante. Es konnte nur noch sein Tod festgestellt werden. Eine erste Befragung der Aktivistin ergab, dass sie Haas mit einem bekannten Kriegsverbrecher verwechselt hatte. Dieser war zwar schon fast siebzig Jahre zuvor hingerichtet worden, aber die Ähnlichkeit mit Haas war wirklich frappierend. Die Polizei entschuldigte sich bei der BIPoC für die diskriminierende Unannehmlichkeit der kurzen Befragung. Die BiPoC hielt bei Haas' Staatsbegräbnis eine bewegende Trauerrede und wurde direkt neben dem Sarg unter langanhaltendem Applaus von der großen Führerin höchstpersönlich mit der wichtigsten Auszeichnung des Siedlungsgebietes geehrt. Schon damals galt, dass es einzig und allein auf die richtige Haltung ankam und diese hatte die Aktivistin mit dem Totschlag eines vermeintlichen Nazis eindrucksvoll unter Beweis gestellt.

Karl hatte ein Bildnis Haasens auf seinem Klapptisch in seiner Arbeitsnische stehen und führte ein weiteres in einem Amulett mit sich, das er zu besonderen Anlässen, derer es dank Ausgangssperre keine gab, sichtbar um den Hals trug. Er hatte sich damals geschworen, das Vermächtnis des Ministers nicht nur ewiglich in Ehren zu halten, sondern auch mit besonderer Akribie und Akkuratesse mit Leben zu füllen. Zu bestimmten Gelegenheiten, aber auch dann, wenn er sich mit zusätzlichem Eifer bei der Erfüllung seiner Aufgaben aufladen wollte, öffnete Karl das Amulett. Dann blickte ihn aus einem gutsitzenden Anzug heraus der legendäre Minister an und Karl erneuerte feierlich seinen Treueschwur. Das waren die besonderen Momente im abwechslungsreichen Leben Karls. Die absoluten Highlights.

Karl war ein Mensch der kleinen Punkte, die er fleißig únd beständig sammelte wie ein Eichhörnchen. Und er war ein Meister der Prophylaxe und Vorausschau. Wenn er zwei Eigenschaften hatte, die ihn auszeichneten, dann waren es neben seinem angeborenen Eifer für das Gute eben diese.

Er fühlte sich sehr wohl und geborgen auf seiner Etage mit ihrer Vielfalt an hunderten unterschiedlichsten

Bewohnenden. Schon bei der Besetzung der einzelnen Stuben wurde auf die gesunde Durchmischung geachtet. Spezielle Algorithmen errechneten die optimale Einhaltung der Parität zwischen den verschiedensten Gruppen, Lebensformen und diversen Geschlechtern, was Karl sehr begrüßte, obwohl beziehungsweise gerade weil er als männlich und weiß gelesene binäre Cis-Person unter allen gleichberechtigten Insassen ohne Quotierung ganz am Ende der Nahrungskette stand. Das räumte ihm aber die Möglichkeit ein, jahrhundertelange historische Schuld abzutragen. So war er es, der grundsätzlich den Stubendienst übernahm und auch den langen Flur bohnerte. Auch hatte er automatisch Küchendienst, wenn sich niemand der Diskriminierten freiwillig meldete. Also immer. Kulturelle Identität gab es speziell für Karl nicht. In seinem Weltbild gab es einfach nur Menschen. Er hatte als Kind, als es noch Kinos gab, die ja 2020 seuchenbedingt wie alles andere für immer schließen mussten, mal den Film ‚Star Wars' gesehen und nie gingen ihm die Kneipen-Szenen aus dem Kopf, wo Wesen von völlig unterschiedlichen Planeten und Galaxien friedlich zusammen einen trinken. Diese Bilder waren nun Wirklichkeit. Die dritte Etage der Wohneinheit X/43 war sein ‚Raumschiff Enterprise'. Wenn Karl für seine Genossen und Mitstreiter Marussjas wohlschmeckenden Tee servierte, den er je nach individuellem Geschmack mit unterschiedlicher Menge an Süßstoff verfeinerte, stellte sich dieses Glücksgefühl ein, das er damals im

Kino verspürt hatte. In diesen Augenblicken wollte er sich an den Zeiger der großen Weltenuhr hängen, um die Zeit anzuhalten.

*****

Aber es hatte sich auf der Etage während seiner mehrmonatigen Abwesenheit etwas verändert. Einige der vertrauten Gesichter waren nicht mehr da. Vielleicht waren diese Personen ebenfalls zu Arbeits- oder Weiterbildungsmaßnahmen der Behörden delegiert worden. Niemand sprach darüber und es war wohl besser, keine Fragen zu stellen. Sie waren durch neu geschenkte Menschen ersetzt worden, um die Kapazität der Wohneinrichtung stets maximal auszulasten, denn die Nachfrage nach Wohngelegenheiten war groß, da die Bauindustrie aufgrund der vor dreißig Jahren notwendig gewordenen Maßnahmen vollständig zum Erliegen gekommen beziehungsweise auf die Fertigstellung von repräsentativen Bauten der Partei konzentriert war und gleichzeitig immer neue Miet-Interessenten in riesigen Größenordnungen vor allem schutzsuchend aus dem Südland nachstießen.

Das erwähnte vorausschauende Denken Karls und die Erfolge des jahrelangen Sensibilisierungstrainings an der George-Floyd-Universität zeigten sich in den Wochen nach seiner Rückkehr aus dem Erntelager in besonders eindrucksvoller Weise in der Gamaschen-Frage.

Zunächst war es nur ein Gerücht. Das dem Hohen Virologischen Rat direkt unterstellte Infektionsschutzbüro soll, so hieß es, in einer Sitzung die Praktikabilität des Tragens von Gamaschen erörtert haben. Dieses Gerücht wurde vermutlich gezielt in der Bevölkerung gestreut, so dass Karl sofort Wind davon bekam. Er bestellte umgehend prophylaktisch einige dieser formschönen Überschuhe, um für den Fall des Falles gerüstet zu sein. Sein geschultes Auge bemerkte, dass erst eine, dann zwei und wenige Tage später drei Personen auf der dritten Etage mit Gamaschen herumliefen. Karl zögerte hier noch. Er war keiner, der als erster irgendetwas riskierte. Er wartete grundsätzlich erst ab, bis aus einem Rinnsal ein Strom sich abzuzeichnen begann, dem er sich dann gefahrlos und richtig getimed anschließen konnte.

Wie er vermutet hatte, erging nur eine Woche später die Empfehlung des Infektionsschutzbüros zum Tragen von Gamaschen aus anti-virologischem Vlies und prompt legte Karl die nützlichen Überzieher an, die er bereits neben einer Ersatzbehelfsmaske sicherheitshalber in seiner Handgelenkstasche aus beigem Kunstleder stets mitgeführt hatte. Da er beizeiten aktiv geworden war, konnte er die nun offizielle Empfehlung umgehend, das heißt, sekundengetreu, umsetzen. Ja, er konnte auch variieren und die Gamaschen farblich auf seine unterschiedlichen Hosen und Blazer abstimmen. Andere hingegen fingen jetzt erst an, hektisch nach

Gamaschen zu rennen, die inzwischen kaum noch zu bekommen waren und wenn überhaupt, dann zu völlig überteuerten Preisen unterm Ladentisch. Gamaschen waren plötzlich im Siedlungsgebiet Mangelware, was bei den Nachzüglern Betroffenheit und Angst auslöste; vereinzelt kam es zu Rangeleien um das rare Produkt.

Während andere verzweifelten, öffnete Karl gern seinen Spind, strich sich zufrieden über das kleine Bäuchlein und wahrscheinlich zeichnete unter dem Mund-und-Nasenschutz ein glückliches Lächeln seine Züge: Neben den Fotographien der großen Führerin und Greta Thunfischs hingen hier verschiedenfarbige Blazer, der Arbeitsoverall aus dem Spargellager, diverse Alltags-, Arbeits-, Sonntags-, Festtags-, Nacht- und Behelfsmasken aus Baumwolle oder Vlies und … 370 Gamaschen! ---

Karl hatte rechtzeitig vorgesorgt.

Kapitel 10

Bisher war das Gamaschentragen nur eine Empfehlung. Keine Pflicht. Aber für Karl machte das keinen Unterschied. Eine offizielle Empfehlung hatte für ihn eindeutig Pflichtcharakter. Sorgfältig führte er ab sofort Buch darüber, wer auf der Etage keine Gamaschen trug. Unter diesen Verdächtigen befand sich einer der Neuen. Diese junge blonde Cis-Person klar männlichen Phänotyps war ihm aus drei Gründen suspekt. Erstens hieß sie *Anders*. Karl gefiel dieser Name schon rein instinktiv nicht. Zweitens stammte, wie er in Erfahrung brachte, das Elter 2 dieses hier Lebenden aus Schweden. Drittens trug diese Person sage und schreibe sechs Tage nach der offiziellen Empfehlung immer noch keine Gamaschen, obwohl deren Nützlichkeit für die Abwehr auf den Boden herabsinkender Aerosole auf den Teleschirmen und Fernsehwänden ihrer Einrichtung von verschiedenen Sprechern mehrfach mit dem Hinweis betont worden war, dass die Gamaschenproduktion nun auf Hochtouren liefe und die wertvollen Teile wieder zu bekommen seien.

Karl beschloss, in bezug auf diesen Anders erhöhte Wachsamkeit walten zu lassen. Wobei hier zu Ehrenrettung Karls eingewendet werden muss, dass er allzeit wachsam war. Nun aber ganz besonders. Auch Marussja schien Anders nicht nur nicht sonderlich zu mögen, sondern ihn kritisch zu beäugen. Sie wollte halt keinen Ärger auf ihrer Etage haben und die Neuen waren immer Risikofaktoren, solange sie nicht vollständig an die hier herrschenden Gepflogenheiten adaptiert waren. Außerdem hatte sich Anders einmal bei der gemeinschaftlichen Presseschau als einziger nicht ausdrücklich sehr positiv über den von ihr mit viel Liebe zubereiteten grusinischen Tee geäußert, was sie sichtlich verstimmte und von Karl sofort notiert wurde.

Einige Tage später, es war bereits nach dem Pflichtempfang der Aktuellen Tagesschau und kurz vor dem Drohnensignal zum Wechseln von den Tages- zu den Nachtmasken, leuchtete plötzlich ein Signal auf Karls persönlichem Teleschirm auf.

„Karl umgehend ins Dienstzimmer!" stand dort in roter Schrift.

Es war ungewöhnlich, dass Marussja für den Aufruf nicht wie üblich die Sprechanlage nutzte. Irgendwas war im Busch. Karl eilte auf leisen Sohlen den Flur entlang und stand nun am Tischchen der diensthabenden *Deshurnaja* mit dem großen Samowar. Marussja blickte ihn ernst an. Stumm wies sie mit ihrem rotlackierten Zeigefinger in Richtung Speisesaal. Karl blickte erst fragend, verstand dann aber schnell. Sie nickte. Karl schlich lautlos in den Saal hinein, an dessen Ende er über einem der Tische blonde Locken herausstehen sah. Er hielt die Luft an und näherte sich. Dort saß Anders unter dem Tisch und Karl hörte ein Rauschen und Knacken und ganz deutlich die Worte ‚Radio Sverige' plus weitere Brocken in einer Sprache, bei der es sich nur um Schwedisch handeln konnte. Karl sprang hinter einem Geschirrschrank hervor, der ihm Deckung geboten hatte, und rief mit schnarrender Stimme: „Das Abhören von Feindsendern ist streng untersagt nach Paragraph 227/a Absatz III des Allgemeinen

Infektionsschutzgesetzes. Sie sind gemeldet, Bürgerix Anders!"

Dabei hielt er seinen mobilen Videoschirm direkt auf den überführten Delinquenten gerichtet. Mitschnitt samt Meldung und von Karl angelegter Vorgangsnummer wurde in Echtzeit an das Seuchen- sowie das Sozialamt gesendet. Anders sagte keinen Ton. Er wusste, was das bedeutete. Er hatte ein selbstgebautes Transistorradio auf der verbotenen UKW-Frequenz verwendet, was von den modernen Überwachungsdrohnen nicht wahrgenommen werden konnte. Wohl aber von Karl.

Nur wenig später beobachteten Marussja und Karl aus ihrem Dienstzimmer, wie in der Abenddämmerung der Helikopter des Seuchensicherungshauptamtes zwischen den Dächern herunterglitt, ein Trupp Beamter in Vollschutz absprang und über den Hintereingang in ihren Block vorstieß. Diesmal waren sie nicht wegen Karl gekommen. Stiefelgetrappel auf dem Flur. Schreie. Das Geräusch von Gelenkschlagstöcken, die auf Fleisch klatschten. Anders brüllte etwas auf schwedisch. Dann hörte man, wie sie seinen Körper die Treppen hinunterschleiften und ihn im Hof in den Hubschrauber verfrachteten. Der schwebte für einen Moment lauernd wie eine Schmeißfliege auf der Stelle und schwirrte dann in einem weiten Bogen in hoher Geschwindigkeit ab.

„Das gibt zehn Jahre. Mindestens", sagte Marussja in die nun eingetretene Stille. Karl nickte aufgeregt. Das Abhören von Feindsendern war kein kleines Delikt. Es galt als in höchstem Maße zersetzend. Karl war der Freundin sehr dankbar, dass sie ihm diese fünf Sozialpunkte für die Anzeige überlassen hatte, die ihm, wie er auf seinem Mobilschirm sah, bereits im Moment der Verhaftung des Verräters gutgeschrieben wurden.

„Wollen wir jetzt Fiebermessen?" fragte Marussja, die nun auch etwas erregt schien, die Gunst des Momentes nutzend. Obwohl beide Masken trugen und trotz des Sicherheitsabstandes fuhr Karl der Geruch von Schweißausdünstungen und Knoblauch durch das eigentlich abweisende Vlies hindurch in die Nase und er nahm halb bewusstlos das eitrige Furunkel auf der Stirn seiner direkten Vorgesetzen wahr. Er beschloss, wie immer in diesen Fällen, nur an sein Sozialpunktekonto und den FDGB-Urlaub an der Ostsee zu denken. Bereitwillig beugte er den Oberkörper über den Sprelacart-Tresen der Teeküche und schloss die Augen.

*****

Anmerkung des Lektorats. Die sich hier anschließende beschreibende Passage wurde im Rahmen der 2050 geltenden Richtlinien gestrichen und ein Verfahren gegen die Autorin eingeleitet. Bestimmte sexuelle Praktiken waren unter den auf einer Etage gemeldeten

Insassen erlaubt, wenn sie ordnungsgemäß beantragt und in einer Liste, die dem Infektionsamt zwecks Kontaktverfolgung vorgelegt wurde, sauber mit Namen, Adresse und Chipnummer der Beteiligten dokumentiert wurden. --- Und nun weiter im Text.

Als Karl nur einen Tag danach, Marussja war wegen ihres chronischen Durchfalls gerade auf Toilette, wie immer heimlich das Etagenbuch darauf kontrollierte, ob seine Freundin, Vertraute und direkte Vorgesetzte diese Aktivität den Regeln entsprechend eingetragen und gemeldet hatte, erwartete ihn bei der Sichtung der älteren Meldungen der letzten Monate eine böse Überraschung … Er glaubte seinen Augen nicht zu trauen!

In diesem Moment trat Marussja ein…

Kapitel 11

„Du warst es, die mich damals wegen des Maskenvergehens gemeldet hat??" fragte Karl ungläubig.

Marussja blickte spöttisch auf ihn herab. Obwohl sie wie immer ihre flachen Badeschlappen trug, war sie deutlich größer als Karl, der von mittlerem Wuchs war und Gesundheitsschuhe mit 5cm-Absatz trug.

„Ja, natürlich", entgegnete sie. „Du hattest so viele Pluspunkte auf deinem Sozialkonto angespart, da konntest du ruhig einige solidarisch abgeben. In Wirklichkeit hast du dir die Nachtmaske nur einmal vom Gesicht gerissen. Ich sah es zufällig bei meinem Nachtrundgang durch die Stuben. Die anderen sechzehn Mal habe ich dazuerfunden. Ich wusste, dass das Amt in der Spargelzeit nach Erntekräften suchte und meine Angaben nicht weiter überprüfen würde. Ein paar Monate Arbeitslager haben noch keinem geschadet. Körperliche Arbeit schändet nicht, sondern macht frei und nützt der Gemeinschaft sowie vor allem der Partei. Ich konnte mir dank der siebzehn Punkte endlich meinen Traum erfüllen und mir größere Silikonbrüste kaufen. Und du Blinder hast das nicht mal bemerkt", beendete sie ihren Vortrag vorwurfsvoll und streckte ihm demonstrativ ihren Oberkörper mit den neuen Einlagen entgegen.

Karl entschuldigte sich umgehend, lobte die neue Weite von 120 mit Körbchengröße Doppel D und er spürte, wie seine ohnehin große Achtung vor Marussja sprunghaft anwuchs und in grenzenlose Ehrerbietung überfloss, denn sie hatte das große Ganze im Blick, die Gemeinschaft, das Kollektiv. Von ihr, diesem echten Vorbild, konnte er sich eine Scheibe abschneiden. Ihn überkam plötzlich der Drang, der Angebeteten die Füße zu küssen, die mit durchsichtigen aseptischen Zellophantüten umwickelt waren, um den Blick auf ihre rotlackierten Zehennägel freizugeben, denn Marussja war sehr eitel. Trotz des jahrelangen Hängolingenusses verspürte Karl in diesem Moment beinahe so etwas wie sexuelle Lust. Fakt war eines: In Marussja hatte er seine Meisterin gefunden. Sie hatte mit ihren zweiundsiebzig Jahren eine Bewusstseinsstufe erklommen, die Karl erst noch anstrebte. Aber er war auf gutem Wege. Und hatten ihn die vier Monate im Erntelager nicht wirklich weiter geläutert und zu einem noch besseren Menschen gemacht? War es denn nicht der von ihm geerntete Spargel gewesen, der in die Uckermark geliefert wurde und die Gaumen der Nomenklaturkader der Partei, ja, womöglich gar den der großen Führerin selbst kitzelte? Von den Lieferungen an die befreundeten, hungerleidenden Südländer gar nicht zu reden.

In diesem Moment war durch das geöffnete Fenster ein Lärm vernehmbar, der rasch näher kam. Der Krach von Rotorenblättern eines Hubschraubers. Marussja nahm ihn nicht wahr und presste durch die Zahnprothese:

„Karl, was ich dir immer schon mal sagen wollte: Du bist ein Trottel, wirklich ein echter Idiot. Du glaubst doch nicht im Ernst, dass es mir Spaß macht, mein ganzes Leben lang in Frauenklamotten rumzulaufen. Ich bin weder transsexuell noch habe ich einen Migrationshintergrund noch bin ich stärker pigmentiert. Das habe ich alles nur erfunden. Ich hatte keine andere Wahl, denn als weißer Cis-Mann ohne Abschluss in Geschwätzwissenschaften hätte ich in der sozialen Hierarchie ganz unten gestanden. Mit der

Dreifachquote komme ich gut über die Runden in dieser absoluten Drecksdiktatur der durchgeknallten Hypochonder. Nur so kam ich an diese ganz ordentlich bezahlte Stelle und ein Dach über dem Kopf. Ich stamme aus einem Gebiet, das man vor der großen Transformation, die uns endgültig in die Scheiße ritt, ‚Sachsen' nannte. Ich bin so alt, dass ich noch Russisch in der Schule hatte in der damaligen DDR; da fiel mir die Simulation dieses Akzentes leichter und den etwas dunkleren Teint besorgt die Grundierung. Jeder muss sehen, wie er mit dem Arsch an die Wand kommt in diesem real existierenden dystopischen Horror."

Der Lärm hatte unterdessen ohrenbetäubende Ausmaße angenommen. Der Hubschrauber stand in der Luft – direkt oberhalb ihres geöffneten Fensters - und sie sahen, wie sich schwer bewaffnete Elitesoldaten in die vierte Etage abseilten und durch die Fenster einstiegen.

„Was hast du gerade gesagt?" schrie Karl. „Ich habe kein einziges Wort verstanden!" ---

„Nee, lass' mal. Das war nicht so wichtig", erwiderte Marussja und atmete auf, denn ihr war klar, dass Karl sie ohne mit der Wimper zu zucken wegen falscher Angaben im Lebenslauf und parteifeindlicher Hetze gemeldet hätte. Praktischerweise hätte die gerade ankommende Militärstreife sie gleich mitnehmen können, dachte Marussja später in der Nacht und bekam einen irren Lachanfall, als sie sich heimlich aus

Anlass ihrer wundersamen Rettung bei kurz ausgeschaltetem Teleschirm ein Schlückchen des Selbstgebrannten hinter die Binde kippte, den sie in einem am Strumpfband unsichtbar befestigten Flachmann stets mit sich führte. Alkohol wurde zwar unmittelbar nach der Schließung aller Bars 2020 im Zuge der damals eingeführten Abstandsregeln verboten, aber ohne ein illegales Tröpfchen ab und zu hielt sie das alles einfach nicht mehr aus.

*****

Für Karl ging ein weiterer guter Tag zu Ende. Er hatte sich nach der kurzen Abwesenheit durch das Arbeitslager schnell wieder in seiner gewohnten Umgebung eingelebt. Es ist keine Übertreibung zu sagen, dass er sich glücklich fühlte. Jeder neue Tag brachte seine denkwürdigen Höhepunkte. Sei es eine besonders gelungene Spontan-Demo, ein erledigter Gesundheitscheck oder eine erfolgreiche Meldung, die sein Punktekonto aufbesserte und ihn seinem großen Ziel, dem FDGB-Urlaub an der Ostsee näherbrachte. Er hatte bereits nach Schwimmmasken geschaut.

Karl hatte auch viel Freude an den kleinen Dingen, die ihm sein Leben versüßten. Sei es eine gut sitzende Gamasche oder der Dank Marussjas, wenn er ihr etwas aus dem HO-Versorgungsstützpunkt mitbringen konnte wie etwa eine Packung des rationierten Süßstoffs, neue Latexhandschuhe oder wie neulich eine der begehrten Kittelschürzen aus Dederon, die er auch selbst sehr gern trug, wenn er ihr bei diversen Arbeiten zur Hand ging beziehungsweise diese wie üblich komplett selbst erledigte. Gern wirbelte er auch mit Marussjas Reisigbesen durch die Stuben und Flure, den sie sich aus ihrer alten Heimat hatte schicken lassen. Denn es gab zwar alle Arten von Saug- und Putzrobotern, aber erstens waren die nicht immer sehr zuverlässig und zweitens fiel im gesamten Siedlungsgebiet recht häufig der Strom aus, denn die Windräder konnten nicht immer die volle Leistung fahren. Sichergestellt war aber der Rundum-Betrieb der Teleschirme und sonstiger Kommunikationssysteme wie etwa der Drohnen und patrouillierenden Roboterhunde, die auf die innere Sicherheit gerichtet waren. Wichtig war beim Putzen vor allem das regelmäßige Desinfizieren aller Arten von Oberflächen, auf denen sich das Virus verdammt gern ablagern würde, wenn man es denn ließe.

Manchmal dachte Karl an Rita.

Was trieb einen Menschen nur dazu, sich gegen die Partei und gar die große Führerin zu stellen? Was war da schiefgelaufen in der Entwicklung? Oft hatten sie an der Uni in Seminaren über diese Themen diskutiert und waren zu keiner plausiblen Antwort gekommen. Es war und blieb ein Rätsel. Wahrscheinlich waren es negative Einflüsse in der Kindheit. Die Eltern womöglich unsichere Kantonisten; ideologisch ungefestigte Persönlichkeiten, die ihren krankhaften

Hang zur notorischen Renitenz an die Kinder vererbt hatten, die somit unverschuldet mit einem Startnachteil auf eine abschüssige Bahn gerieten. Letztlich half hier nur Schulung, Schulung und nochmals Schulung. Dafür gab es ja die zahlreichen Umerziehungslager, in denen die schwarzen Schafe mitunter nur durch körperliche Arbeit und Zucht auf den richtigen Pfad geführt und erst dann wieder als geheilt in die Gesellschaft entlassen werden konnten, deren vollwertige Mitglieder sie somit wurden.

In einer solchen verschärften Maßnahme befand sich nun offenbar auch Rita. Karl hatte dies durch seine Meldung bewirkt und er hatte wie immer in solchen Fällen ein sehr gutes Bauchgefühl dabei. Vielleicht würde er sie im Lager mal besuchen. Aber natürlich nicht so bald, sondern in zwei, drei oder vier Jahren. Vielleicht besser in fünf. Denn erstens wollte er erstmal Gras über die Sache wachsen lassen, statt sich durch einen zu frühen Kontakt zu einer Abweichlerin womöglich Nachforschungen der Behörden auszusetzen. Und zweitens mussten die Maßnahmen bei Rita ja zunächst gegriffen haben, denn wenn sie der Verirrung nicht abschwor, würde er sie ja umgehend erneut anzeigen müssen. Fakt war aber eines: nie würde er sie aufgeben und immer an das Gute im Menschen glauben.

Karl hatte diesen problematischen Menschenschlag als Heranwachsender selbst noch erleben müssen. Er hatte die Zusammenrottungen der Leugner mit eigenen Augen gesehen in den parteilichen Qualitätsmedien der NEP - der Neuen Einheits Partei. Bis zu siebzehntausend Unbelehrbare versammelten sich noch im August 2020 auf einer wichtigen Straße der Hauptstadt. Verschwörungstheoretiker. Ohne Maske und Abstand, was Karl am meisten empörte. Für Karl war das eine Ansammlung von Unmenschen, ja Mördern, die die Ausbreitung des Virus in Kauf nahmen und sich offen gegen die Erkenntnisse des Hohen Virologischen Rates stellten, der damals von zwei bis drei hochrangigen Experten gebildet wurde, die sich in den wahrhaftigen Verkündigungsorganen der NEP untereinander abwechselten.

Wahrscheinlich wuchs auch Rita in diesen Verhältnissen heran, sinnierte Karl. Er selbst hatte sich ja freiwillig bei den *Maskaran* gemeldet und Maskenverweigernde gejagt, nachdem man ihn bezüglich der gewaltsamen Inobhutnahme von deren Kindern leider als zu jung abgelehnt hatte. Die politische Situation drohte damals zu kippen. Nur gut, dass die Rebellen sich zersplitterten und die Briefwahl 2021 brachte dann den deutlichen Sieg der NEP unter der großen Führerin, was die Machtverhältnisse stabilisierte, die dauerhafte Eindämmung des Virus glücklicherweise ermöglichte und dem Siedlungsgebiet eine lichte Zukunft beschied, in der Karl sich nun befand.

Kapitel 12

Die Monate flossen ins Land. Karls Konto wuchs und war fast wieder auf dem Stand vor der Abkommandierung ins Erntelager. Wenn dieser Trend anhielt, war der FDGB-Urlaub an der Ostsee in zwei Jahren durchaus noch drin. Er spitzelte und meldete, was das Zeug hielt. Brillierte auf Demos und Subbotniks und glänzte mit diversen Neuerer-Vorschlägen, wie man *Altsprech*, das ja immer auch *Altdenk* und damit hochgefährlich war, weil es quasi ein *Althandeln* im Schlepptau führte, noch zuverlässiger in der Schrift- aber auch der gesprochenen Sprache schneller und gründlicher aufspüren und sofort zur Anzeige bringen konnte, was eine noch effektivere Verzahnung seiner Abteilung mit den Exekutiv-Organen der verschiedenen Behörden des Infektionshauptamtes erforderlich machte.

So nahm es Karl nicht weiter wunder und ließ seine Brust vor Stolz anschwellen, dass er ein persönliches Einladungsschreiben von höchster Stelle erhielt. Aus dem Sozialministerium! Es war dies ein Ereignis, das alles ändern konnte. Die auf dem Teleschirm empfangene Nachricht enthielt neben Ort und Zeit des Treffens den in roter Schrift gehaltenen Sondervermerk: „Dringliches Gespräch im Hinblick auf Ihre weitere Verwendung". Offensichtlich hatten sich seine Vorschläge zur Steigerung der Effizienz der Überwachungsstrukturen bis in ministerielle Kreise herumgesprochen. Es klang nach einer Verwendung für Sonderaufgaben. Es roch beinahe nach einer Beförderung. Und das Verrückte war – der Termin war schon morgen!

*****

Karl legte anderntags zu diesem außergewöhnlichen Anlass seinen lila Blazer an, den er nur äußerst selten trug, und wählte eine farblich abgestimmte Sonntagsmaske sowie passende Gamaschen dazu aus. Er legte Wert auf eine gepflegte Erscheinung und hatte ein sicheres Gespür dafür, welche Mode gerade angesagt war und bei den übergeordneten behördlichen Stellen einen besonders guten Eindruck machen würde. Perfekt für das Gespräch auf höchster Ebene gestylt, ließ er sich von Marussja aus dem Anwesenheitsbuch der Etage austragen und fuhr mit dem Lift ins Erdgeschoss. Dort meldete er sich vorschriftsgemäß beim Dispatcher und zog dann gegenüber dem/der herbeigerufenen Abschnittsbevollmächtigten stolz die ausgedruckte Ausgangserlaubnis aus seinem Handgelenktäschchen aus beigem Kunstleder. Dann legte er seinen Unterarm auf den Scanner, denn die Einladung des Ministeriums war bereits auf seinem Chip eingetragen, was zusammen mit seiner persönlichen Identifikationsnummer überprüft und abgeglichen werden musste. Der normale Ablauf also, wenn jemand allein, das heißt ohne Begleitung der

Roboterhunde, die nur für Gruppen ab zwei Personen abgestellt wurden, den Block verließ. Dann ging es zum obligatorischen Gesundheitscheck im blockeigenen MedPunkt. Reine Routine. Fiebermessen, Blutabnahme, ein Rachenabstrich, Iris-Scan, die übliche PCR-Test-Prozedur halt und weitere Kleinigkeiten. Dann war es soweit. Karl schritt durch die Sicherheitsschleuse mit dem Körperscan, trat auf die Straße hinaus und als ihm der Blockwart in seiner traditionellen Feinripp-Uniform aus dem Fenster des ersten Stockes nach einem Kontrollblick ein „Viel Erfolg!" zurief, war auch die letzte und schärfste Hürde genommen.

Es regnete. Karl legte die wenigen hundert Meter zur Untergrundbahn auf dem überdachten Rollband zurück, das dann in eine Rolltreppe überging und ihn auf den Bahnsteig seiner Meiko-Haas-Station führte. Lautsprecherdurchsagen erinnerten an den korrekten Maskensitz und mahnten die Fahrgäste, den Anweisungen des medizinischen Bordpersonals unbedingt Folge zu leisten. Die Kontrolleur:innen in ihren Skaphandern buchten die Fahrscheine kontaktlos vom Chip der Mitfahrenden ab, wobei gleichzeitig die Körpertemperatur gemessen wurde. Öffentliche Verkehrsmittel zählten bekanntlich zu den gefährlichsten Brutstätten frei flottierender Aerosole, und dass sich hier in dreißig Jahren noch niemand infiziert hatte, war nur ein weiterer Beleg für die Richtigkeit der von Anfang an vom Hohen

Virologischen Rat eingeleiteten strengen Sicherheitsmaßnahmen. Die Zahl der Fahrgäste war aufgrund der geltenden Ausgangsbeschränkungen überschaubar, so dass die vorgeschriebenen Sicherheitsabstände problemlos eingehalten werden konnten. Wer hier unterwegs war, hatte eine Sondererlaubnis oder war Parteimitglied. Eine angenehme Computerstimme sagte die einzelnen Stationen an, an denen die Bahn ihren lautlos gleitenden Fluss kurz unterbrach: Lothar-Wieler-Straße, Kathrin-Göring-Eckardt-Allee, Claudia-Roth-Brücke, Christian-Lindner-Rondell, Robert-Habeck-Platz. Alle benannt nach hochgestellten Persönlichkeiten der Zeitgeschichte von vor dreißig Jahren, die sich unschätzbare Verdienste um die von der Großen Führerin eingeleiteten und inzwischen vollständig abgeschlossenen Transformationen von gigantischem historischen Ausmaß erworben hatten.

Die Bahn fuhr nun über Tage und in der Ferne sah Karl bereits die sich abzeichnenden Umrisse der ‚Großen Halle des Siedlungsgebietes'. Ein imposanter Kugelbau, der 2033 mit der Abhaltung eines Gebietsparteitages der NEP eingeweiht werden sollte. Das Projekt hatte die letzten baulichen Reserven des Siedlungsgebietes verschlungen, was aber unabdingbar war, da die 200 000 Teilnehmenden der Parteiversammlungen ja untereinander die Mindestabstände einhalten mussten. Der Parteitag, auf dem der Kandidat Friedrich April erneut antreten wollte, fand dann aber auf persönlichen Vorschlag der großen Führerin nicht statt und das Gebäude – das größte der Welt – blieb einstweilen ungenutzt. Daher hatte sich Karls Abteil der Untergrundbahn schon vorher weitgehend geleert, denn die GHdSG-Station war die letzte dieser Linie und da die große Halle geschlossen war, wollten so gut wie keine Leute dahin. Aber Karl sollte sich hier punkt 16 Uhr auf dem Bahnsteig einfinden. Jemand von der Behörde wollte ihn dort treffen und mit dem Auto mit ins Sozialministerium nehmen, das nur etwa zwei Kilometer Luftlinie entfernt war und keinen öffentlichen Bahnanschluss hatte, da es für den gewöhnlichen Publikumsverkehr aus Sicherheitsgründen natürlich gesperrt war. Es war ein außerordentlicher Termin und eine Ehre, dass er diese persönliche Einladung erhalten hatte. Karl steckte voller Anspannung, die er etwas zu zügeln trachtete, da er bereits besorgt bemerkte, dass ihm die Schweißperlen der Aufregung samt Speichelfluss der Vorfreude die teure Sonntagsmaske übermäßig zu durchfeuchten drohten.

Der Zug hielt. Karl stieg aus. Eine Handvoll Leute strebte den Rolltreppen zu. Karl war zu früh. Er sollte hier laut Absprache auf die Kontaktperson des Sozialministeriums warten. Er blieb auf dem Bahnsteig. Allein. Es herrschte plötzlich eine merkwürdige Stille.

Ihm schien, die Drohnen wären verstummt.

Er vermisste instinktiv ihr immerwährendes Surren.
Was würde ihm die nun folgende Begegnung bringen?

Plötzlich verspürte Karl einen dumpfen Schlag auf den
Hinterkopf.

Dann wurde es dunkel um ihn herum.

Kapitel 13

Zwei Gestalten in Tarnanzügen mit schwarzen Kapuzen
trugen einen reglosen Körper bis zum Ende des
Bahnsteiges und sprangen dort hinunter ins Gleisbett.
Eine dritte bewaffnete Person sicherte ab und folgte
ihnen im Abstand von einhundert Metern. Der Trupp
bewegte sich trotz der mitgeführten menschlichen Last
ziemlich flink im U-Bahn-Schacht, der in diese Richtung
stillgelegt war. Sie wateten keuchend und fluchend im
Lichte ihrer Taschenlampen eine längere Strecke durch
Schlamm und Geröll und knietief durch Lachen von
faulig stinkendem Grundwasser. Dann wurde der Weg
trockener und man sah die Gleise wieder. Nach einem
weiteren Kilometer kamen sie bei einer Draisine an.
Sie setzten den mitgeführten Körper auf das
Schienengefährt und ketteten ihn mit den Händen an
eine Stahlstange. „Los, komm' schon, schneller!" rief
der eine der dritten Gestalt zu, die ihre Flucht sicherte,
sich schemenhaft im Dunkel abzeichnete, nun rasch
näher kam und auf die Draisine sprang, die der andere
durch die Betätigung des Handhebels in Bewegung

setzte. Das Ding nahm langsam Fahrt auf und wurde immer schneller.

„Mann, son Stress wegen diesem komischen Vogel… Das war eine Scheißidee!" ---

„Kann sein, Gunnar, aber wir ziehen das jetzt durch!" erwiderte der andere an der Kurbel in einem Ton, der keinen Widerspruch duldete.

Die dritte der dunklen Figuren beugte sich über den regungslosen, angeketteten Körper und leuchtete ihm ins Gesicht.

Karl kam langsam zu sich. Er blinzelte ins künstliche Licht.

Da erkannte er sie … Rita! ---

„Na, du Dummerchen!" sagte sie lächelnd. „Siehst du, ich habe dich nie vergessen. Mach' dir keine Sorgen. Bleib' ruhig. Ich erkläre es dir später. Alles wird gut."---

Karl erwiderte nichts. Er wollte erst herausfinden, ob das hier alles Traum oder Wirklichkeit war. Es schien echt. Ihm schmerzte der Schädel von dem Schlag. Aber andererseits konnte das alles ja nicht wahr sein. Was war nun mit seinem Termin im Sozialministerium?

Das Gefährt schoss schnell die Schienen entlang. Doch plötzlich veränderte sich etwas. Ein undefinierbar Dunkles wogte im Tunnel heran. Es kam von allen Seiten. Karl erkannte es: riesige Ratten! Einer der gierigen Nager schnappte nach seinem Bein. Gunnar und Rita griffen in ihr Schulterhalfter und brachten ihre Flammenwerfer zum Einsatz. Die Schreie der Menschen auf dem Gefährt vermischten sich mit den wütenden Todeslauten des unvermindert anstürmenden Getiers. Alsbald verbreitete sich im Tunnel ein bestialischer Gestank von verbranntem Rattenfleisch.

„Das war ein Gruß deiner Regierung, du erbärmlicher Wicht", brüllte Gunnar an Karl gewandt. „Sie haben die Ratten radioaktiv gezüchtet und auf die Jagd auf Menschen dressiert, die sich vor eurem totalitären System in den stillgelegten Schächten der Untergrundbahn und der Kanalisation verstecken. Wenn Rita nicht wäre, hätte ich dich diesen niedlichen Bestien nur zu gerne zum Fraße überlassen!"

Karl sagte dazu aus taktischen Gründen lieber nichts. Dieser Gunnar, ein riesiger, furchteinflößender Kerl mit längeren blonden Haaren, schien ihm und allem, was ihm lieb und teuer war, nicht wohlgesonnen zu sein.

Die Draisine setzte ihre zügige Fahrt etwa eine halbe Stunde fort. Dann drosselte sie ihre Geschwindigkeit auf Schritttempo. Einige hundert Meter im Voraus tauchten Scheinwerfer auf. Dann finster dreinblickende Wachtposten mit Uniform und Maschinenpistolen. Das Gefährt stoppte. Karl wurde losgekettet, aber Gunnars Griff fühlte sich ebenso stählern an. Der Mann, der den Handhebel bedient hatte, nannte die Parole. Sie durften passieren und kamen zu einer Art Fahrstuhl, der in den Stollen eingelassen war. Nun ging es in schneller Fahrt abwärts tief in den Schacht hinein. Es schien sich um eine Art stillgelegtes Bergwerk zu handeln, obwohl die Gegend nun gar nicht für Bergbau bekannt war. Unten angekommen, zeigten sich wohl um die hundert oder mehr Bewaffnete, deren Aufgabe offenkundig darin bestand, einige größere technische Apparaturen zu bewachen. Riesige Lichtkegel erhellten die Szenerie, deren Mittelpunkt eine Art Rundbogen bildete.

„Werft die Generatoren an, wir gehen gleich rüber", rief der Mann, der den Handhebel der Draisine bedient hatte.

„Ok, geht klar, Reto" entgegnete einer der Ingenieure und drückte verschiedene Tasten auf einem Armaturenbrett. Kurze Zeit darauf schoss Energie in den Bogen, der zu leuchten und zu vibrieren anfing. Nach einigen Minuten wurde Gunnars Griff noch fester und sie schritten zu viert unter der Kuppel hindurch. Lichtblitze zuckten auf, es war, als ob sich das Unterste zuoberst kehrte, alles drehte sich, Schwindelgefühle, aufsteigende Hitze, sphärische Klänge.

Licht, Licht, Licht – nur noch gleißendes Licht!

Karl hielt sich die Hand vors Gesicht und schrie …!!

****

TEIL II

Kapitel 14

Das gleißende Licht war die Sonne. Sie standen in einer Waldlichtung. Schritten über grünes Gras, dann im Schatten der Bäume über knackendes Laub. Ein Sirren und Singen erfüllte die Luft. Es roch nach Holz und feuchtem Moos. Ein Kuckuck rief. Spechte verrichteten hämmernd ihr Werk. Bunte Schmetterlinge tanzten um sie herum. Ein aufgeschrecktes Rudel Rehe sprang vor ihnen ins Dickicht.

Nahe einer klaren Wasserquelle, an der sie sich erfrischten, aus Baumrinde tranken und von den unterwegs gesammelten Waldbeeren naschten, brach plötzlich etwas raunend durchs dichte Unterholz. Sie gewahrten die Umrisse eines alten Mannes mit langem Rauschebart und breitkrempigem Hut, dessen moosgrüner Mantel bis auf die Erde reichte und mit dieser verwachsen schien. Ein Schmetterlingsnetz in der Hand, war er ins Selbstgespräch vertieft.

Reto rief ihn an:

„Seid gegrüßt, Meister Rolf!"

Bei diesen Worten verneigte er sich und legte die Hände auf die Brust.

„Nun sagt, wie ist die Stimmung draußen im Lande? Wir waren auf Reisen."

Der wunderliche Schrat hatte aufgemerkt und Retos Worten aufmerksam gelauscht. Sich ebenfalls höflich verbeugend entgegnete er mit tiefer Stimme:

„Ich höre Himmelsworte, herb und hell – Klang von zartestem Pastell – Bienenvölker schwärmen aus – Spinne baut ihr leichtes Haus." ---

„Alter Freund, werden uns die Mächte des Schicksals gewogen sein?" frug ihn Reto.

Der Waldläufer legte die Stirn in Falten, sann eine Weile nach, hielt dabei seinen Kopf schräg und schloss die Augen. Es war, als ob er einem fernen Klange nachforschte. Dann - endlich - erging die Auskunft:

„Noch wirken die Nornen – Am Brunnen der Urd – Dich zu spornen – Beim Queren der Furt –

Im Schatten der Eiche – Von Donnern umgrollt – Da blühen die Reiche – Die du hast gewollt"

Reto verneigte sich erneut in tiefster Hochachtung.

„Habet Dank, ehrwürdiger Meister, Hüter des Quells. So ziehet nun weiter eures Weges und gehet eurem Werke nach." ---

Die Umrisse der Gestalt lösten sich auf und schon war sie wie vom Erdboden verschluckt. --- Karl hatte ihre Existenz gar nicht bemerkt.

Der alte Mann sei ein Dichter, erklärte Reto an Rita, Gunnar und den empfänglichen Leser gewandt - ein

Questensänger, der schon seit Äonen diese Wälder durchstreife. Man sagt, er habe das Gehäuse der Zeit längst verlassen und sei mit seiner Poesie verschmolzen. Eins geworden mit dem heiligen Boden unserer Ahnen, mit denen er beständig in Zwiesprache stünde. Ab und an zeige er sich dem geneigten Wanderer bei dessen Waldgang und lasse ihn an seiner unergründlichen Weisheit teilhaben.

*****

Bald kamen sie auf freies Feld. Ihrem Auge bot sich ein wogendes Meer von Korn- und Mohnblumen. Rita jauchzte vor Freude über diese sommerliche Farbenpracht und pflückte im Nu ein Sträußchen, das sie Karl mit einem schmachtenden Blick in die Hand drückte.

Ein Pferdeknecht erwartete den Trupp am vereinbarten Treffpunkt an einer kleinen Brücke, die sich über ein Bächlein spannte, in dem Enten und Schwäne schwammen sowie bunte Fischlein sich tummelten. Er führte vier Pferde an der Leine, von denen eines besonders aufgeregt schien und schnaubend die Nüstern blähte. „Ruhig Brauner", beruhigte es der Knecht und da federte im Laufschritt schon Gunnar heran. Mit einem Satz schwang er sich auf den feurigen Rappen. An seinem Gürtel baumelte lustig die Streitaxt. Das stolze Ross bäumte sich auf, Gunnar rief ‚hey, hey, hey' und preschte mit ihm in wildem Galopp davon.

Karl bestieg mit Ritas Hilfe, die mit ihren Händen eine Räuberleiter formte, den hellen Wallach. Er trug Maske, Gamaschen und die dünnen Latexhandschuhe, die ihm zu einer zweiten Haut geworden waren und ihn vor Keimen schützten. Rita ritt neben ihm auf einem Schimmel; Reto folgte zur Absicherung deutlich dahinter. Sie trabten auf einem Feldweg entlang an Wiesen mit grasenden Kühen, mitunter kreuzten Feldhasen hakenschlagend ihren Weg und entsprangen über die Ackerfurche.

Karl stellte keine Fragen. Sie schwiegen. Rita führte die Zügel seines Wallachs. Nach einer Weile fing sie an, ihm alles zu erklären.

Die Einladung aus dem Sozialministerium war fingiert. Eine Falle. Spezialisten ihrer oppositionellen Gruppierung hatten das Sicherheitssystem gehackt. Sie hatten ihn auf einen nicht sehr frequentierten Endbahnhof gelockt und dort kurzzeitig die Drohnen ausgeschaltet, deren Code sie knacken konnten. Über ein stillgelegtes, aber von ihnen notdürftig befahrbar gemachtes Schienensystem hatten sie ihn von der Großen Halle des Siedlungsgebietes zu einem südlich der Stadt gelegenen Stollen gebracht, der sich unter einem nie in Betrieb genommenen Großflughafen befindet. Auf dem Grunde des Schachtes wurde von der Opposition, die in den Katakomben der Zivilisation hauste, vor Jahren ein Riss im Raum-Zeit-Kontinuum entdeckt, der in eine Parallelwelt führt. Mit Hilfe von eingeschleusten ungarischen und schwedischen Wissenschaftlern wurde ein Portal konstruiert, das eine stabile Verbindung zwischen den zwei Welten ermöglicht. Dieses Nadelöhr werde von mehreren Generatoren aktiv gehalten, damit dieser Zugang nie abbräche. Diese Achillesferse werde von bis an die Zähne bewaffneten Freischärlern scharf bewacht. Die Existenz des Portals an sich sei ein gut gehütetes Geheimnis. Nur ein Kreis Eingeweihter kennten Standort und Funktionsweise. Der Hohe Virologische Rat des Siedlungsgebietes und seine zahlreichen Sicherheitsorgane inklusive der geheimen Infektionsschutzpolizei und der gefürchteten Blockwart-Schutzstaffeln ahnten davon nichts. Sie dächten, dass sich lediglich einige wenige versprengte Ungeimpfte in der Kanalisation versteckt hielten und dort von den eigens mit radioaktiv verseuchtem Futter gezüchteten und dressierten Groß-Ratten, den ausgesetzten Zecken und vom grassierenden Virus selbst ohnehin bald erledigt würden, so dass sie diese Verrückten weitgehend sich selbst überließen. Sie selber sei übrigens von Aufständischen um Reto aus dem Arbeitslager entführt und dann in diese Welt gebracht worden, in der sie sich nun befänden. Und nun hätten sie halt ihn, Karl, aus dem Siedlungsgebiet befreit, weil sie, Rita, das dem Rat der Rebellen vorgeschlagen hätte.

Als Rita zu sprechen begann, hatte Karl unauffällig die Aufnahmefunktion seines Mobilschirmes aktiviert, den er in der Innentasche seines Blazers immer bei sich trug. Allerdings funktionierte das automatische Senden nicht; er hatte kein Netz. Offenbar war hier das 8G-System ausgefallen; er hatte auch keine Sendemasten bemerkt; es war seltsam. Ebenso sah er keine Windräder.

Als Rita geendet hatte, ergriff Karl das Wort:

„Als ab 2015 ein Überangebot an Raketentechnikern, Astrophysikern und Gehirnchirurgen aus dem Süden ins Siedlungsgebiet flüchtete, habe ich auf dem Gymnasium die MINT-Fächer abgewählt und 2021 an der George-Floyd-Universität ein Studium der Politikwissenschaft aufgenommen", sagte er wahrheitsgetreu. „Meine Spezialisierungsrichtung wurde dann über die Jahre das ‚Virtue Signaling'. Ich schloss das Studium nach nur 37 Semestern ab und schob dann noch eine Promotion nach. Ich ließ mich bei der Berufswahl in erster Linie davon leiten, was gesellschaftlich gesehen objektiv besonders gebraucht wurde", fügte er hinzu und man merkte ihm an, wie stolz er auf seinen beruflichen Werdegang war.

Rita sagte dazu nichts. Sie ritten wieder schweigend nebeneinander her. Mit größerem Abstand hinter ihnen trabte Retos Rappe. Gunnar galoppierte weit voraus und jagte Wild mit Pfeil und Bogen.

*****

Die Sonne begann sich zu neigen. Der Abend brach heran. Die ersten Käuzchen riefen und in dieses Konzert stimmten Grillen zirpend und Frösche in einem Teich quakend ein. Der Trupp näherte sich einem Gehöft, das am Rande eines Dorfes lag. Ein Hund schlug an und rannte bellend auf sie zu. Gunnar sprang vom Pferd, der schwarze Hund an ihm hoch, wedelte mit dem Schwanz und schleckte ihm das Gesicht ab. „Hey, Odin, du Schelm, ich war doch nur paar Tage weg!" rief Gunnar lachend und tollte mit ihm herum, während die anderen drei auf den Hof ritten und dort ihre Pferde an die Pflöcke banden. Rita half Karl, der sich den Blumenstrauß ans Revers geheftet hatte, beim Absteigen. Sie betraten die Gaststube des Hauses, wo der Wirt, der ihr Kommen schon von weitem bemerkt hatte, jedem von ihnen einen 1-Liter-Humpen frisch gezapften Schwarzbieres auf den Tisch knallte.

„Willkommen und Prost!"

Karl lehnte dankend ab und verlangte leicht gesüßten Tee oder ein stilles Wasser. Rita holte ihm welches aus dem Brunnen im Garten. Wenig später wurde Braten serviert. Karl war hungrig und probierte ein Stück. Aber es schmeckte ihm nicht. Er bekam es nicht herunter, denn er aß kein Fleisch. Er war Veganer und orderte eine Wassersuppe mit dünnen Kohlstrünken. Viel gesprochen wurde nicht mehr. Der Wirt starrte

Karl unverwandt an und schüttelte ab und zu mit dem Kopf.

Der Tag war sehr anstrengend gewesen. Karl bat darum, sich zurückziehen zu dürfen. Rita zeigte ihm sein Nachtlager auf dem Heuboden der Scheune. Karl hatte zum Glück in seiner Handgelenktasche neben Ersatzgamaschen und Desinfektionsmittel auch ein Sortiment an Alltags- und Behelfsmasken dabei, darunter auch eine einfache Nachtmaske, die er jetzt anstelle der Sonntagsmaske aufzog. Rita beobachtete ihn schweigend. Sie stand auf der Leiter zum Heuboden, auf dem sich Karl nun ausgestreckt hatte. Vorsichtig strich sie über seinen Arm. Er entzog sich ihr und versuchte, halbwegs den Abstand zu halten, denn sie trug entgegen der Vorschrift keine Mund-Nasen-Bedeckung und stellte damit objektiv ein Gesundheitsrisiko dar. Hätte sie sich zu ihm gelegt, wie es sich einige weibliche Leserinnen jetzt in ihren schmutzigen, von billigen Groschenromanen verdorbenen Phantasien vielleicht ausmalen, wäre ohnehin nichts passiert. Denn Karl hatte in seinem bisherigen Leben nur Marussja beigewohnt - beziehungsweise sie ihm. ---

Rita seufzte, warf ihm einen Handkuss zu, glitt die Leiter hinunter, verschwand aus der Scheune und ließ von außen das Vorhängeschloss einrasten, wie es der gestrenge Reto, ihr Bruder, ihr aufgetragen hatte.

Karl lag noch eine Weile wach. Er versuchte, den Mobilschirm sendefähig zu bekommen. Das funktionierte nicht und so vervollständigte er seine Notizen mit den Erlebnissen des Tages. Er schien hier einer größeren Sache auf der Spur zu sein. Wenn es gut lief, könnte es schon früher als gedacht mit dem FDGB-Urlaub an der Ostsee klappen. Mit diesem Gedanken schlief er ein.

Kapitel 15

„Kikeriki! ... Kikeriki!". Es war ein fremdartiges Geräusch, das Karl weckte. Er konnte es keinem denkbaren Absender zuordnen. Es ähnelte in keiner Weise dem vertrauten Weckruf des Muezzins oder den heulenden Morgensirenen des Seuchenschutzes. Auch die ihm bekannten Drohnenmodelle klangen völlig anders. Karl streifte sich die Nachtmaske ab, kletterte die Leiter des Heubodens hinunter und fand eine Schüssel mit Wasser zum Waschen vor, die ihm jemand in die Scheune gestellt hatte. Die Tür war nicht mehr verschlossen. Er tastete sich vorsichtig auf den Hof vor, betrat den Schankraum des Hauses, setzte sich an den Tisch und füllte in Erwartung des Frühstücks vorsorglich ein Kontaktformular aus, von denen er prophylaktisch immer ein paar Vordrucke mit sich führte.

Name: Karl. Adresse: Minister-Haas-Platz, Block 179, Wohntrakt X/43, Identifikationsnummer K2050-0815.

Die Maske setzte er erst ab, als das Frühstück serviert wurde. Auf seinen am Vorabend geäußerten Wunsch war Tee organisiert worden. Er trank ihn pur, denn es gab nur ungesunden Zucker und keinen Süßstoff und Hängolin war im Gasthaus angeblich unbekannt, was eigentlich nicht sein konnte, da es vom Gesundheitsamt empfohlen wurde. Karl notierte diesen Missstand umgehend. Er würde auch das melden müssen. Nichts entging ihm.

Rita eröffnete ihm, dass sie heute gemeinsam in die in der Nähe befindliche Stadt reiten und ihn einigen Leuten vorstellen würden.

Sie ritten eine knappe Stunde durch sattgrüne Wiesen und Auen, auf denen Schafe und Rinder grasten. Die Stadt war sehr klein. Immerhin verfügte sie über befestigte Straßen und Bürgersteige. Als erstes machte der Trupp Junker Jörg seine Aufwartung, dem Stadtschreiber. Als sie ankamen, stand die Pforte zu seinem Grundstück schon einladend offen. Sie banden die Pferde draußen an und gingen durch den blühenden Garten durch ein Spalier von Rosen ins Haus. Der Hausherr weste offenbar nicht an. Gunnar und Reto streckten sich im Gästezimmer mit ihren Reitstiefeln auf den weich gepolsterten Diwanen aus, während Rita sich in der Küche zu schaffen machte. Das Interesse Karls wurde durch die Bibliothek geweckt. Dort bot sich ihm ein ungewohnter Anblick: Bücher! ---

Alle Wände waren mit Regalen zugestellt, die bis zur Decke reichen und in denen gedruckte Bücher aus Papier standen. Es müssen tausende gewesen sein. Teils dicke Folianten mit prächtigen Einbänden. Karl nahm einige heraus, betrachtete sie verwundert und begann darin zu blättern. Er stöberte staunend in den Werken der alten Griechen von Homer bis Platon und arbeitete sich über Kant, Novalis, Goethe, Schiller, Hölderlin chronologisch immer weiter vor, spürte Autoren wie Büchner, Heine, Fontane und Nietzsche auf und dann brach es unbegreiflicherweise abrupt ab.

Durch ein geöffnetes Fenster sah er, wie ein altmodisches Automobil im Schritttempo und mit dampfendem Auspuff die Straße entlangfuhr, das von einer Horde johlender Kinder begleitet wurde und vor dem Haus krachend und pfeifend zum Stehen kam. Ein älterer Herr mit gezwirbeltem Schnurrbart entstieg dem Gefährt und zog sich eine Lederhaube mit Ohrenschützern vom Kopf. Junker Jörg war soeben von einer kleinen Ausfahrt heimgekehrt. Gemessenen Schrittes kam er durch den Garten ins Haus und begrüßte dort Rita mit Handkuss, dann Reto und Gunnar, die ihn darauf hinwiesen, dass sie heute einen speziellen Gast mitgebracht hätten.

Schon stand der Herr des Hauses mit einladender Geste in der Tür zur Bibliothek und rief:

„Herzlichst gegrüßt sei der Gast, der sich – ganz ohne Hast – nicht zieret, sondern eifrig Literatur studieret!"

Mit diesen Worten trat er auf Karl zu und streckte ihm die Hand entgegen.

Karl wich instinktiv zurück. Jörg musterte ihn aufmerksam.

Karl: Interessant, was Sie hier haben. Aber warum sparen Sie nicht Platz und kopieren alles auf einen einzigen Reader?

Jörg: Auf einen Reader?? Wie das – auch die wunderbaren Gedichte und Lieder?

Karl: Wenn alles einstaubt, ist es doch schlecht.

Jörg: Ohne Papier ist's mir nicht recht.

Karl: Das meiste ist doch sowieso veraltet.

Jörg: Wunderlicher Herr, ihm ist der Geist wohl erkaltet.

Karl: Nur reaktionäre Autoren. Keine Protokolle der Parteitage. Ich sehe hier nichts von Führerin und Rat?!

Jörg: Eine Führerin betört Eure Sinne? Mich dünkt – Ihr seid ein Meister der Minne!

Rita hatte diesen Dialog neugierig belauscht, rannte nun ins Wohnzimmer, sprang auf ein Sofa und presste ihr Gesicht auf ein Kissen, um ihren Lachanfall zu ersticken. Irgendwie schienen Jörg und Karl aneinander vorbeizureden, obwohl sie doch beide beruflich mit Sprache und Schrift zu tun hatten.

Es folgte der Besuch beim Schreiner - oh, welch wunderbarer Geruch von Holz und Sägespänen - beim Hufschmied, beim Kaplan und einigen anderen ihrer Bekannten. Schnell hatte sich die Kunde verbreitet, dass ein berühmter Schauspieler in der Stadt sei. Offenbar aus Venedig, wie aus seinem farbenprächtigen Aufzug und der Karnevalsmaske zu schließen sei, die seltsamerweise nur Mund und Nase, aber nicht seine Augen bedecke. Die Leute strömten zum Marktplatz, um den seltenen Gast aus dem fernen Auslande zu bestaunen. Die Kinder beäugten ihn mit besonderer Aufmerksamkeit. Erst hatten sie Angst vor dem Fremdling, aber dann wurden sie kecker. Einige der frechen Rotznasen lachten über ihn und bewarfen ihn mit Kieselsteinen.

Es war aber nicht das, was Karl besorgte, sondern ihn entsetzte die Tatsache, dass die kleinen Lauser durchweg keine Atemschutzmasken trugen. Das war unverantwortlich von den Eltern, denn nach den neuesten Forschungen des berühmten Robert Kellner-Institutes übertrugen diese minderjährigen Bälger das tödliche Virus besonders leicht, was ja gerade der Grund für die besonders strengen Hygienemaßnahmen an den Lehreinrichtungen war und weshalb in der

Regel nur noch virtuell im Homeoffice unterrichtet wurde.

‚Inobhutnahmen unumgänglich! Die Ampel steht auf Rot!' notierte er auf seinem Teleschirm, während eine dieser kleinen Aerosolschleudern ihm kräftig gegen das Schienbein trat.

*****

Am Abend kehrten sie ins Dorf zurück; in ihr Gehöft. Es waren dort Leute aus den umliegenden Siedlungen und der Stadt eingetroffen. Der Schankraum füllte sich. Eine Lagebesprechung der Eingeweihten war anberaumt. Jener also, die sich selbst auch die *Hinübergehenden* nannten. Zunächst sollte Reto über die aktuelle Situation im feindlichen Siedlungsgebiet referieren.

Weitere Gäste trafen ein. Der Dorflehrer Armin, der Gelehrte Botho, der Kürschner Ehrenfried, die Malerin Sabine ... und andere tapfere Freischärler. Die dunkelhaarige Lady Carolin hatte ihren großen Auftritt. Sie preschte mit ihrem Hengst Teddy auf den Hof und ließ mächtig Staub aufwirbeln, da sie aus vollem Galopp aus dem Sattel sprang, den Schwung nutzend die Flügeltür mit dem Reitstiefel auftrat, lässig ihr Pistolenhalfter auf den Tisch warf und ausrief: „Wo ist denn nun dieser Paranoia-Pilot? Ich werde diesem Kerl den Irrglauben an die Zombieapokalypse schon austreiben!"

Karl war nicht da. Er war von Rita in die Scheune gebracht worden. Die Rebellen wollten sich ohne ihn besprechen. Rita holte ihm einen Teller Kohlsuppe und Wasser, da er das dargebotene Glas frischer Ziegenmilch, die sie extra für ihn gemolken hatte, ablehnte. Karl würdigte sie keines Blickes. Er saß auf einem Schemel und spielte an seinem Teleschirm herum, den er unbedingt sendefähig bekommen wollte. Immerhin funktionierten die Batterien des Gerätes noch, so dass er die Vorkommnisse des Ausrittes in die Stadt in Form eines meldefertigen Berichtes in ein Formular eintrug.

Rita konnte ihm keine Gesellschaft leisten, da sie als Kämpferin des Widerstandes an der Lagebewertung teilnehmen musste. Aber nicht am ersten Teil, sondern später, etwa gegen Mitternacht, wenn es um Karl gehen sollte. Da war ihre Meinung sehr gefragt, denn immerhin war es ihre Idee gewesen, diesen promovierten Politikwissenschaftler der ihnen allen so verhassten Hygiene-Diktatur auf die andere Seite zu holen.

Die Sonne war untergegangen. Noch tafelten die geladenen Gäste. Rita stahl sich unbemerkt aus der illustren Runde und verließ das Gehöft Richtung Waldesrand. Sie suchte die stille Einkehr und den Rat der Elfen, Feen und anderer Waldgeister. Sie sah sich bewegende Schattenrisse zwischen den Bäumen und vernahm entrücktes Stimmengewirr, hier ein Kichern im Gezweig, dort ein Huschen unter einem bemoosten Stein. Ein Uhu nickte ihr wissend zu und drehte seinen Kopf dreimal komplett im Kreise, während die im See badenden Nymphen sie nicht beachteten. Sie lief weiter in den Wald hinein, setzte sich schließlich auf einen Baumstumpf und ihr Herz ward erfüllt von Trauer und Zweifel darüber, dass ihr Liebster sie nicht erhörte. Nun sang sie das Lied von den zwei Königskindern, die zueinander nicht kommen konnten, weil das Wasser viel zu tief war. Schlimmer noch war es in ihrem Falle, weil sie gar aus zwei verschiedenen Welten stammten. Endlich konnte sie ihre Gefühle nicht mehr im Zaume halten und fing bitterlich zu weinen an …

Doch plötzlich … was war das …?

Es knirschte, schmatzte und knackte. Sie blickte auf. Schräg über ihr saß ein Faun im Geäst – eingesponnen in einen Kokon. Sie sah es deutlich im fahlen Mondenschein.

„Warum flennst du, törichtes Menschenkind?" begehrte das Waldwesen zu wissen. Sie sprang auf und klagte ihm ihr Leid der unerwiderten Liebe.

„Es ist immer dasselbe mit euch Menschen," sagte der Faun schnalzend und fuhr fort: „Ich sehe, die Zeit der Entscheidung steht an. Bewahren und Trennen. Dem Neuen sich öffnen. Das Richtige tun!" –

„Du sprichst in Rätseln. WAS ist das Richtige?" rief sie verzweifelt: „Komm', sag' es mir!" ---

„Du wirst Schmerz erfahren, aber die Liebe finden" erwiderte der Faun und entschwand in seinem dichten Farnkleide keckernd und schnalzend über die Baumwipfel.

Grübelnd über die Bedeutung dieser Weissagung kehrte Rita zum Gehöft zurück.
■■

Kapitel 16

Die Lageerörterung der Hinübergehenden war schon in vollem Gange.

„Wo hast du gesteckt, Rita? Wir sprechen bereits über deinen Karl!" zischte Gunnar sie an. „Ich denke, es war ein großer Fehler, diesen Tölpel an diesen Ort zu bringen!"

Rita sagte nichts. Gerade sprach Reto.

„Wir haben es hier mit Unaffizierbaren, Unbetroffenen zu tun. Sie sind ästhetisch nicht mehr ansprechbar. Intellektuell sowieso nicht. Ihre Fäden zu Herkunft, Tradition und Identität sind abgeschnitten. Das müssen wir verstehen lernen. Wir müssen wissen und durchdringen, mit wem wir es eigentlich zu tun haben. Wer der Feind und was sein ureigenes Wesen ist." ---

„Das ist etwas abstrakt. Kannst du das Gesagte bitte an einem konkreten Beispiel erläutern, Reto?" fragte ihn Gunhild, die Marketenderin, die im Siedlungsgebiet eines der letzten privaten Geschäfte geführt hatte, das allerdings im Jahre 2022 aus Gründen des Infektionsschutzes geschlossen und in die Handelsorganisation HO eingegliedert worden war.

„Nun schau", entgegnete Reto. „Als wir mit Karl durch das Tor kamen und mit ihm durch den dichten Wald gingen, offenbarte sich uns im Schatten der tausendjährigen Eichen, nahe des Quells, kein anderer als Meister Rolf selbst. Jedes Kind kennt hierzulande die Geschichte dieses sagenumwobenen Poeten und Waldläufers. Ich begrüßte den edlen Geist gebührlich, erkundigte mich artig nach der Gewogenheit der Schicksalsmächte und erbat Rolfs raunenden Rat, den er weislich erteilte. Rita, Gunnar und ich waren seiner deutlichst gewahr. Aus den Augenwinkeln bemerkte ich indessen, dass Karl das Anwesen des Meisters nicht bemerkte. Nicht bemerken konnte, weil ihm die entsprechenden Sensoren dafür fehlen. Er ist schlicht ohne Vorstellungsvermögen und Phantasie. Er ist blind und taub. Ihm mangelt es an poetischer Ader. Er kann das Heilige nicht schauen. Nur das Profane ist seinem Typus zugänglich. Er sehnt sich anders als wir nicht, die blaue Blume zu erblicken. Diese Lebewesen funktionieren nur in prosaischen Bezugssystemen und festen Regelwerken. Zwischen ihnen und uns besteht im Grunde keine Kompatibilität. Man wird ihnen trotz größter Mühen nicht annähernd begreiflich machen können, was beispielsweise der Begriff der ‚Freiheit' bedeutet. In ihren Nachschlagekompendien und Wörterbüchern des Neusprech findet sich dieser Terminus nicht. Er ist lange als toxisch getilgt. Generell verfügen sie dank der jahrelangen Säuberungen über keine Sprache mehr, um einen einzigen von der allgemeinen Norm abweichenden Gedanken zu denken, geschweige ihn auszusprechen. Denn das Denken ist an die Sprache gekoppelt."

„Das ist gespenstisch. Doch sage uns, wie ist es einst bloß dazu gekommen?" fragte Gunhild aufgeregt.

Reto hub erneut an:

„Das ist eine längere Entwicklung, die nach dem großen Kriege einsetzte. Aus Schutt und Asche erstand ein Hauch von Läuterung und dank vieler Hände harter Arbeit von neuem der Wohlstand und selbst um die Freiheit schien es eine kurze Zeitspanne über nicht gar so schlecht zu stehen. Aber unter der Oberfläche wucherte bereits der Krebs der nutznießenden Anpassung an die veröffentlichten Lügen der Herrschenden und die Bequemlichkeitsverblödung tat ihr übriges. Das an sich gut gemeinte System pervertierte und das Pendel schlug erneut in Richtung Diktatur aus. Die Erfindung des Virus als Instrument der Angst tat ihr übriges, obwohl es ihrer gar nicht bedurft hätte, denn die Weichen in den Abgrund waren ohnehin gestellt."

„Aber wie genau passierte es? Wir müssen es dringend wissen, um es präzise zu bekämpfen. Was ist Ursache und was Wirkung?" rief Gunhild mit schriller Stimme.

„Nehmen wir Karl. Ein Prototyp dieser Entwicklung. Menschen wie er haben ihre Reputation, ihren gesamten sozialen Status, ja, ihre komplette Biographie an die Zustimmung zu den herrschenden Verhältnissen und zum veröffentlichten Zeitgeist gekoppelt und - das ist das eigentlich Interessante, weil Wesentliche - sie reflektieren das selbst gar nicht mehr, da sie gegen jegliche Selbstreflexion eine mentale Panzerung ausgebildet haben; ein einsichtsresistentes Schott. Sie kommen somit an ihr eigenes - schärferes - Bewusstsein gar nicht mehr heran und kommunizieren untereinander in gefilterter Sprache, an der sie sich instinktiv erkennen, das heißt, Gleichgeartete wittern und Andersgeartete aus der Herde ausstoßen. Für sie war alsdann automatisch das gut und richtig, was ihnen selber nützt und Kritik an den obwaltenden Verhältnissen, mit denen sie identisch waren, empfanden sie damit als Angriff auf sich selbst und als potentielle Bedrohung, die es abzuwehren und im Keime zu ersticken galt. Es handelt sich im Kern um eine perfekte organische Anpassung an beziehungsweise eine Verschmelzung mit den herrschenden Zuständen. Es sind Zeitgeistandroiden. Mutanten. Wir reden hier – das ist meine These und Stand meiner Forschung – von einer neuen Spezies. Ihre Vertreter sind unsichtbar mit einer übergeordneten Instanz, aber auch miteinander verschaltet, verdrahtet und verwachsen. Sie denken, sprechen, fühlen, handeln, ticken daher alle auf die gleiche Weise. Kennst du einen, kennst du alle", schloss Reto seinen Vortrag.

In der Runde herrschte nun Schweigen. Wohl jeder stellte sich die Frage, wie gegen diesen schier übermächtigen Feind zu bestehen sei, der von keinerlei Selbstzweifeln angekränkelt war, sich im Besitz der absoluten Wahrheit wähnte und unter dem von allen Telewänden des Siedlungsgebietes widerhallenden Leitspruch „Wir sind mehr!" befeuert nur in gleichgeschalteten Clustern auftrat.

Jetzt hatte sich der hagere Falk erhoben und alle Blicke hefteten sich hoffnungsvoll an diese hochgewachsene, durchtrainierte Gestalt in der schwarzen Kutte, deren Habitus etwas mönchsartig Asketisches anhaftete. Magister Falk hatte in der anderen Welt Philosophie studiert und lebte nun seit Jahren abgeschieden und in die Kontemplation versunken im Gebirg' in einer Hütte oberhalb der Baumgrenze, wo er über die Flugbahn der kreisenden Adler sinnierte und viele Pergamente mit seinen tiefsten Gedanken beschrieb, die er mit niemandem teilte. Ein einsamer Wolf, der Kontakt fast nur zu Junker Jörg pflegte und sich dort, wenn er denn mal in die Stadt hinunterkam, Bücher über Kulturgeschichte auslieh. Es war heute einer jener seltenen Momente, dass er zu anderen Menschen sprach:

„Was Reto schildert, ist eine folgerichtige Entwicklung. Die Menschheit kehrte mit Erreichung ihrer zivilisatorischen Stufe wieder in ihren Naturzustand zurück. Nur diesmal mit Technik ausgestattet. Statt des Über-Menschen regiert nun der Über-Affe diesen Planeten. Die Phase der Kultur währte nur kurz. Sie begann mit Hellas, flackerte später in der Renaissance erneut auf und erlebte in unseren Breiten im 19. Jahrhundert ihre letzte Blüte. Dann sank die Moderne über uns herab – das Leichentuch der Zivilisation bedeckte die Menschheit."

„Das ist wohl nicht ganz falsch, aber etwas zu holzschnittartig gedacht, Herr Philosoph", entgegnete die Malerin Sabine und warf energisch ihre blonde Mähne zurück. „Seht! In uns hier" – sie ließ die Hand über die versammelte Runde streifen – „lebt die Kultur fort. Wir halten die Glut selbst im Siedlungsgebiet noch am Glimmen und tragen die Fackel weiter. Wenn ich inkognito dort weile, halte ich in geheimen Zirkeln den Kontakt zu uns Ähnlichen. Es sind wenige, aber noch gibt es sie. " ---

„Wir wollen doch konkret herausfinden, wie wir uns behaupten und die Hygiene-Diktatur brechen können", mischte sich nun der Waidmann Erik in die Debatte ein. „Vielleicht hülfe es uns weiter, wenn wir uns zunächst selbst im Spiegel anschauten und uns fragten, was uns hier Versammelte gegen diese geschilderten furchtbaren Pervertierungen immun und zu Ausnahmen gemacht hat. Kennten wir die genauen Gründe unserer Immunität, könnten wir quasi ein Serum für andere daraus destillieren. Denn noch immer fehlt mir die konkrete Antwort darauf, warum wir sind, wie wir sind, während sich die Heerscharen der Karls dieser Welt so weit vom idealen Menschenbild der Antike und der Aufklärung entfernten. Mir war die bisherige Diskussion zu philosophisch-akademisch. Es kann doch nicht nur reine Blödheit und Einfalt sein. Es muss noch andere Ursachen geben. Es bleibt die riesengroße Frage: Welche? Was sagt Ihr als Naturwissenschaftler dazu, Professor?" ---

„Reto hat eingangs ebenso wie die nachfolgenden Redner einiges Richtige gesagt", erwiderte der als Professor angesprochene Mann mit dem schütteren Haar. Er hatte im Siedlungsgebiet eine Psychiatrie geleitet, deren Insasse er auf Beschluss des Infektionsamtes eines Tages selber wurde, weil er Zweifel an der Sinnhaftigkeit des Maskentragens geäußert, ja, mehr noch, dieses gar als gesundheitsschädigend bezeichnet hatte.

„Die beinharte persönliche Dummheit und die handelsübliche Bequemlichkeitsverblödung des inkriminierten zahlenstärkeren Personenkreises wurde bereits angesprochen. All dieses tritt in der Regel auf in Tateinheit mit Denkfeigheit sowie genereller Bildungs- und Geistfeindlichkeit. Diese Phänomene liegen über der Oberfläche und sind leicht mit Händen zu greifen. Aber aus wissenschaftlich psychiatrischer Sicht müssen wir tiefer graben. Unter der Oberfläche treffen wir auf die Sedimente der Kognitiven Dissonanz und der Feldabhängigkeit sowie auf das Problem der Normopathie. Das bedeutet soviel wie Überanpassung, das heißt Anpassung über das gesunde Maß hinaus. Wir reden hier von einer psychischen Störung, die ja die normopathische Wahrnehmungsbeschränkung sowie den vorauseilenden Gehorsam im Schlepptau führt. Verwandt damit und ebenfalls typisch für diese Klientel ist auch die so genannte Apperzeptionsverweigerung, die auf einen später nicht mehr auffindbaren bösen Entschluss zurückgeht. Das heißt, die davon befallenen Personen verweigern sich der Wahrnehmung der Realität, deren Komplexität sie geistig überfordert, und betrachten andere, die es ihnen nicht gleichtun, intuitiv als sich selbst überlegen und damit als Feinde, die es zu bekämpfen gilt, weil sie über das Mittelmaß, das man selbst verkörpert, herausragen. Hier versteckt sich das Element der Bosheit. Es kann nicht sein, was nicht sein darf. So kam es, dass meine eigenen Studenten mich anzeigten, denn dass Masken die Gesundheit schädigen, war zwar wissenschaftlich evident, aber es durfte nicht sein, da das Maskentragen vom Hohen Virologischen Rat als Disziplinierungsmittel und Gehorsamsgeste zur Machtsicherung und zur Aufrechterhaltung des allgemeinen Angstpegels als absolut zentral angesehen wurde. Die Maske und einiges andere von oben Verordnete wirken genauso wie im Mittelalter Talismane oder Amulette wirken. Und Ketzer wurden damals wie heute verbrannt.

Freunde, die Dinge liegen vor dem Hintergrund einer quasireligiösen Kollektivneurose und im Lichte diverser anthropologischer Konstanten wie des Herdentriebes und der tradierten Gefolgschaftstreue gegenüber Leithammeln sehr komplex. Ja, wir haben es hier mit einander überlappenden, sich kreuzenden und teils dialektisch widersprechenden Erklärungsbündeln zu tun, die wir hier und heute wahrscheinlich nicht vollständig werden entwirren können", erklärte der Professor fröhlich und wollte noch etwas hinzufügen, aber ….

--- „Hör' endlich auf mit dem Geschwätz!" schrie Gunnar und knallte seinen blondbehaarten Eisenschädel dreimal auf die Tischplatte. Dann sprang er auf, zog die Streitaxt aus dem Gürtel, reckte sie empor und rief: „Ich weiß, wie wir dieses Bündel entwirren und den Gordischen Knoten zerschlagen können. Nicht mit Reden, sondern mit Waffen!"

„Nein!" erwiderte nun Rita mit fester und lauter Stimme. „Ich habe bis vor wenigen Monaten noch unter ihnen gelebt. Auch dort vibriert unter nicht wenigen Masken noch Leben. Dort schlagen noch Herzen. Dort wohnt vereinzelt noch Geist. Nicht alle sind mutiert. Diese konkreten Menschen gilt es aufzuspüren und für unsere Ideen der Freiheit zu gewinnen. Wir müssen sie zu Mitstreitern machen. Das ist der einzige Weg. Ebenso dürfen wir nie den Glauben daran aufgeben, auch die noch fest schlafenden Maskenschafe dermaleinst zu erwecken. Und eines dieser kleinen Schäflein ist mein Karl. Wir haben ihn unsanft seiner Herde und den Schäfern und Hütehunden entrissen und er wird in unserem Kreise die schönen Seiten des freien Lebens kennenlernen. Das wird ihn überzeugen und verändern. Jeder Mensch ist ein Geschöpf der Götter und diesen Versuch wert!"

„Du hast ein Helfersyndrom! Typisch für euch Weibsbilder. Mich hast du verschmäht, um dich dieser unsäglichen Kreatur eines Maskennarren an den Hals zu werfen. Ich brauche jetzt frische Luft", schrie Gunnar und verließ den Raum; sein Hund Odin sprang vom Kaminsims und folgte ihm.

„Gunnar hat nicht ganz Unrecht mit seinen Einwänden", sprach Lady Carolin in die entstandene Stille hinein. „Wie sollen wir uns mit diesen inkompatiblen Maullappenträgern ins Benehmen setzen und wie verfahren wir konkret mit diesem Karl, der ja zu den final Unbelehrbaren gehören könnte?" ---

„Wir feiern in wenigen Tagen ein großes Sommerfest. Das wird Karl auftauen und ihn seine verschütteten menschlichen Regungen wiederentdecken lassen, verlass' dich drauf!" rief Rita begeistert. „Wir werden seine Mutation rückgängig machen!" Sie sprang von ihrem Stuhl auf und tanzte durch den Raum.

Damit war die Besprechung geschlossen.

Kapitel 17

Das Sommerfest war eines der wichtigsten Ereignisse des Jahres. Die Gäste strömten nicht nur aus den umliegenden Dörfern, sondern gar aus der Stadt ins Gehöft. Im großen Hof und im angrenzenden Garten wurde Gebratenes und Gesottenes aufgetragen, dass sich die Balken der schweren Eichentische bogen. An den Spießen über den Feuern drehten sich die Spanferkel. Kräftige Knechte rollten die Bierfässer zum Anstich heran. Auch der Wein floss in Strömen, während Gunnar und seine Gefährten aus riesigen Trinkhörnern nach der Urväter Sitte kräftig dem Met zusprachen. Musikanten mit Dudelsäcken und Fideln spielten zum Tanze auf, Feuerschlucker und Stelzenläufer fachten die Stimmung an. Über den angrenzenden Seerosenteich glitten Boote und man konnte den von Harfenklängen begleiteten Geschichten der Märchenerzähler lauschen.

Rita hatte ihr schönstes Sommerkleid angezogen, Rouge aufgelegt und sich die vollen Lippen knallrot geschminkt, was einen wundervollen Kontrast zu ihrem langen blonden Haar bot. Im Garten, ja, überall, tollten Kinder herum, spielten Blinde Kuh, Verstecken, Einkriegezeck und Ringelrein oder maßen sich im Hula-Hopp, Murmeln, Wettlauf und Gummitwist. Die Mädel trugen Röcke und hatten Zöpfe. Die Buben, die es besonders wild trieben, steckten in Kniebundhosen, Matrosenanzügen oder Pfadfinderuniformen. Aber auch die Erwachsenen taten sich keinen Zwang an: auf der Wiese im Schatten der Eschen lagen engumschlungen die Liebespaare.

Karl besah sich das Treiben aus sicherer Entfernung unter einer verdorrten Buche vor dem Geräteschuppen stehend. Er blickte durch ein Opernglas, das er im Gerümpel gefunden hatte, und machte sich laufend Notizen. Immerhin hatte er seine Sonntagsmaske wieder angelegt, die er am Tag zuvor mit den vom Seuchenamt offiziell empfohlenen 90 Grad ausgewaschen und damit das Virus zuverlässig abgetötet hatte. Zur Feier des Tages hatte er sich zuvor an einer Kohlsuppe und einem Stück Knoblauchbrot gütlich getan, das der Dorfbäcker frisch aus dem Steinofen gezogen und Rita ihm gebracht hatte. Sie hatte ihm dabei verführerisch zugezwinkert und alle ihre weiblichen Reize inklusive der drall geschnürten Rundungen spielen lassen, was ihm immerhin ein kurzes Nicken abrang, das sie als ersten Achtungserfolg ihrer Liebe wertete. Auch hatte sie ihm für alle Fälle einen Platz an der Tafel freigehalten, aber er reagierte nicht auf ihr mehrfaches Winken.

Das Gelage uferte aus, die Stimmung wurde immer ausgelassener. Saufen und Schmatzen, dazwischen ein Tänzchen um die Tische und einige Verwegene tanzten gar darauf.

Inzwischen stand die Sonne tief an diesem längsten Tag des Jahres und bald würden die ersten großen Feuer entzündet; das Holz lag schon zu Stapeln aufgeschichtet. Immer wieder kam es zu Nachfragen, wo eigentlich dieser berühmte Schauspieler aus Venedig stecke und ob er nicht eine Kostprobe seines Talentes geben wolle. Nun, zu fortgeschrittener Stunde, da die Herrschaften gespeist hatten und ihre Aufmerksamkeit nach der gehobenen Kunst gierte, war Karls Moment gekommen.

Er schnappte sich die Trittleiter, die er im Schuppen gefunden und bereitgestellt hatte, rannte in die Mitte des Festplatzes, rammte sie dort in den Rasen, kletterte behende hinauf und spielte gnadenlos seine Kernkompetenz aus – er hielt eine Spontan-Demonstration ab!

Es wurde eine Tugendschau der Sonderklasse. Seine bisher beste Performance, auch wenn sie in Ermangelung von aufzeichnenden Drohnen leider nicht wörtlich überliefert ist, wohl aber in den wesentlichen Grundzügen. Im Entrée ging er auf die jüngsten Beschlüsse des Hohen Virologischen Rates ein und würdigte die Verdienste der großen Führerin zum Wohle der Partei, wobei er sehr geschickt einen kleinen Seitenhieb gegen Friedrich April einbaute; das kam immer gut an. Nachdem er im Hinblick auf frei flottierende Aerosole die wesentliche Bedeutung des permanenten Maskentragens und der unbedingten Gamaschenpflicht erläutert hatte, schlug er den Bogen zur notwendigen Dimmung des Sonnenlichtes, da sonst der Klimawandel alles Leben auf dem Planeten längst verbrannt hätte. Nach dem Hohelied auf die Vielfalt und Diversität der Lebensformen, forderte er die umgehende Schließung der Wirtshäuser und das Verbot sonstiger Lustbarkeiten, insbesondere des Singens in der Öffentlichkeit. Als er die Einhaltung der gesetzlich vorgegebenen Sicherheitsabstände anmahnte, zog er den elektronischen Zollstock hervor und fuchtelte damit in der Luft herum, als ob er mit fluoreszierendem Laserschwerte gegen Drachen kämpfe. Alsdann forderte er den Verzicht auf den Fleischverzehr und des die Nerven schädigenden Alkohols und pries die Vorzüge des mit Süßstoff gegenüber dem schädlichen Zucker verfeinerten und die gesundheitliche Nebenwirkung des durch Hängolin veredelten grusinischen Tees. Er redete, redete und redete. Niemand unterbrach ihn. Er redete sich in einen Rausch. Er pointierte, akzentuierte und repetierte die Kernpunkte seiner Aussagen, um das gutheitliche Ansinnen seines Vortrages zu unterstreichen. Er zog alle rhetorischen Tricks und Kniffe aus dem Ärmel, die er sich in 37 Semestern auf der George-Floyd-Universität auf höchstem wissenschaftlichen Niveau angeeignet, in seiner

Dissertation vertieft und auf unzähligen Spontan-Demonstrationen rund um seinen Wohnblock und die angrenzenden Parkplätze und Straßen immer wieder trainiert hatte. Er spürte deutlich, dass er hier und heute so gut war wie noch nie in seinem Leben und dass es an ihm – einzig und allein an ihm – lag, die Gutheit und Tugend auch in diesen Landstrich mit seinen seltsamen Einwohnenden zu tragen. Dies und nur dies war sein gesellschaftlicher Auftrag. Seine Stimme wurde immer schriller und damit überzeugender.

Er ging nun in den Angriffsmodus über und bemängelte die hier im Gebiet sichtlich fehlende Diversität der Geschlechter, die offenkundig komplette Abwesenheit von People of Colour sowie nonbinärer Lebensentwürfe und Persönlichkeiten. Er regte als Anreiz die konsequente Anwendung des bewährten Sozialpunktesystems an, um dem Fortschritt auf die Sprünge zu helfen und kündigte im Falle von Zuwiderhandlungen den Einmarsch der Truppen des Siedlungsgebietes und die Überstellung sämtlicher Einwohnender in Arbeits- und Umerziehungslager an.

Dann beschloss er den Vortrag mit der donnernden Akklamation der aktuellen fünf für Spontan-Demonstrationen empfohlenen Hauptlosungen des Hohen Virologischen Rates: Bedecke stets Mund und Nase! Halte immer und überall zwei Meter Abstand! Stay home and save lives! Keinen Fußbreit dem tödlichen Virus! Wir und die große Führerin sind für immer unteilbar!

Damit hatte Karl fertig.

Erschöpft, aber voll innerer Genugtuung, den besten Vortrag seines Lebens gehalten und der Gutheit eine mächtige Bresche geschlagen zu haben, breitete er die Arme aus, schloss die Augen und erwartete die übliche Huldigung des Publikums in Form von langanhaltendem Applaus.

Kapitel 18

Im Garten und an der langen Tafel spielten sich unbeschreibliche Szenen ab. Gunnar, Reto, Gunther und Carolin schrien wie am Spieß und schlugen sich auf die Schenkel. Andere erbrachen sich vor Gebrüll, einige drohten zu ersticken; der beleibte Kaplan, dessen kahler Schädel einem roten Ballon glich, fiel rücklings vom Stuhl. Einige wälzten sich unter konvulsivischen Zuckungen unter den Tischen oder kullerten bäuchlings über den Boden. Der Hufschmied schiss sich unter wieherndem Gelächter ein. Das Weibsvolk kreischte vor Vergnügen und viele rissen sich instinktiv ihre Kleider vom Leibe, um sich Atemfreiheit zu verschaffen. Junker Jörg zertrümmerte in Ekstase seine Laute und schrie: „Er ist des Wahnsinns fette Beute - Der Verlust des edlen Instrumentes mitnichten mich reute!"

Als Karl zufrieden von der Leiter stieg, stürmte Meister Ekkehard hochroten Kopfes und sich fortwährend die Tränen abwischend auf ihn zu und schrie:

„Was für ein herausragender Künstler er in der Tat doch ist. Was ein schelmischer Auftritt! Ich biete ihm einen unbefristeten Arbeitsvertrag in meiner Gauklertruppe ,Schabernack und sonstige Monstrositäten' an!", wobei er mit einem dicken Bündel Geldscheinen wedelte. „Hier ist die üppige Anzahlung! Lassen Sie uns mit Ihnen als Hauptattraktion über die Jahrmärkte ziehen! Aber sagt, Signore, auf welcher Schule hat er diese unvergleichliche Kunst erlernt?" –

„Ich wurde in 37 Semestern auf der George-Floyd-Universität ausgebildet und gehörte dort über Jahre der Arbeitsgruppe ,Virtue Signaling' an, was soviel wie Tugendkundgabe bedeutet", erwiderte Karl wahrheitsgetreu. ---

„Das scheint eine herausragende Einrichtung zu sein", entgegnete Meister Ekkehard. „Ich habe nie davon gehört. Etwas von dieser Qualität gibt es bei uns hier in Deutschland leider nicht. Auch ihre Kostümierung ist trefflich gewählt und bestens zum Programm passend!"

Karl verneigte sich höflich vor Ekkehard und sagte, er wolle sich das Angebot durch den Kopf gehen lassen. Es schien ihm durchaus eine gute Möglichkeit zu sein,

ein breites Publikum zu erreichen und von der Gutheit zu überzeugen. Irgendwo müsse schließlich ein Anfang gesetzt werden, dachte er bei sich, um auch diesen rückständigen, von der Partei aus unerklärlichen Gründen bisher offenbar vernachlässigten Landstrich endlich besser zu machen.

*****

Karl hatte so etwas wie verbrannte Erde hinterlassen. Die Menge der geladenen Gäste war immer noch sehr aufgewühlt und es trat keine Beruhigung der Situation ein. Einige lagen noch zuckend in ihrem Erbrochenen. Die eilig herbeigerufenen Medikusse und Quacksalber bemühten sich aufopferungsvoll um jene, denen vor lauter Lachen die Zwerchfelle geplatzt waren. Der Kaplan wurde in höchster Not zur Ader gelassen. Aber die Hilfe kam zu spät. Selbst die im Fluge eintreffenden Kräuterhexen konnten nichts mehr für den Gottesmann tun. Er war erstickt. Der Schöpfer hatte ihn zu sich geholt. Ein fröhlicher Hinübertritt, der schönste aller Tode, da waren sich alle Gäste einig. Einige der Damen, die in Ohnmacht gefallen waren, verkehrten in kritischem Zustande, konnten aber unter Zuhilfenahme von Riechfläschchen und allerlei Tinkturen und Hausmittelchen knapp im Leben gehalten werden. Die Frau des Bäckers wurde auf der Schwelle des Todes durch einen resoluten Luftröhrenschnitt des Kochs gerettet, bei einer Nonne aus dem Kloster des Nachbardorfes reichte eine

Mund-zu-Mund-Beatmung. Den Dorfgendarmen fischte man erst am nächsten Tag tot aus dem Teich, in den er zur Abkühlung seines ihm vor Lachen ins Hirn geschossenen Blutes unvorsichtigerweise gesprungen war; er war leider Nichtschwimmer gewesen.

*****

Nur eine im weiten Rund hatte nicht gelacht – Rita. Mit heiligem Ernst hatte sie, abseitsstehend, die bizarre Szenerie verfolgt. In ihr herrschte unsagbare Traurigkeit, was in diesem Kontext einen merkwürdigen Kontrast bildete. Es brach ihr das Herz, wie ihr Karl in seinen Absatzschuhen, seinem lila Hosenanzug mit abgestimmter Sonntagsmaske und den albernen Gamaschen auf der Leiter stand und sich vor all den Leuten komplett zum Affen machte. Klar, sie hatten alle ihren Heidenspaß. Aber nur sie – Rita – sah neben der Komik die unfassbare Tragik dieses Falles. Immerhin war Karl ja wirklich in dem Glauben gefangen, etwas Gutes für die Welt zu tun. Er trug ja nicht die Schuld daran, dass aus ihm so ein wunderlich schillerndes Insekt geworden war, über das sogar die Kinder und die Hühner lachten. Die gesellschaftlichen Verhältnisse hatten ihn zu dem gemacht, was er heute war. Eine abscheuliche Witzfigur. Irgendetwas musste bereits in seiner Kindheit schiefgelaufen sein. Und wer einmal in der Spirale der Indoktrination und Fremdbestimmung gefangen war, kam dort so schnell nicht wieder heraus. Aber es musste, verdammt nochmal, doch Wege geben, ihm zu helfen und ihn vom offenkundigen Wahnsinn zu befreien. Einen von ihnen zu retten, hieße, alle zu retten. Es musste möglich sein. Davon war Rita nach wie vor fest überzeugt.

Kapitel 19

Eine Woche später war das nächste Treffen der Hinübergehenden anberaumt. Diesmal in Form einer Aussprache mit Karl. Die Nachwehen seines Auftritts beim großen Sommerfest waren halbwegs überstanden. Der Kaplan und der Gendarm waren unter großer Anteilnahme des Volkes beigesetzt worden. Karl stolzierte mit geschwellter Brust über das Gehöft und war gut ausgelastet damit, das Gesehene und Geschehene in meldefertigen Berichten zu dokumentieren. Auch war es ihm gelungen, den Rede-Inhalt seiner Spontan-Demo nahezu lückenlos zu rekapitulieren. Er konnte sich vorstellen, diesen mehr als halbstündigen Vortrag vor Studierenden der George-Floyd-Universität einzusprechen, ihn elektronisch aufzeichnen und als Lehrfilm einer gelungenen Tugendkundgabe im gesamten Siedlungsgebiet verbreiten zu lassen. Karl spürte mit jeder Faser seines Körpers, wie sehr er die Einwohnenden dieses von der Regierung unerklärlicherweise vernachlässigten oder gar vergessenen Landstriches mit seiner Tugendschau beeindruckt hatte. Immerhin hatte er unmittelbar danach von Meister Ekkehard, das heißt dem Chef einer Event- und Vortragsagentur, ein lukratives Jobangebot erhalten. Ab und zu besuchte ihn Rita in der Scheune und erkundigte sich nach dem Fortgang seiner Arbeit. Mitunter gingen sie am Teich spazieren, mit Abstand, versteht sich, und Karl versuchte, sie in die Grundzüge des ‚Virtue Signaling' einzuführen.

Als Karl zur Aussprache im geräumigen Schankraum eintraf, war dieser sehr gut gefüllt. Alle uns bereits bekannten Protagonisten plus einige weitere hatten sich versammelt. Karl bestand zunächst darauf, dass noch einmal gut durchgelüftet wurde, damit sich die freischwebenden Aerosole verflüchtigten. Dann nahm er an der Stirnseite des langen Tisches Platz, nachdem er mit seinem elektronischen Zollstock den Abstand zur nächstsitzenden teilnehmenden Person überprüft und für ausreichend befunden hatte.

Reto hielt eine kurze Einführungsrede, in der er insbesondere ‚den lieben Karl' begrüßte. Er verlieh seiner Hoffnung Ausdruck, dass der Gast sich in den zwei Wochen seiner Anwesenheit halbwegs eingelebt habe; immerhin hätte er die umliegenden Dörfer und die Stadt kennengelernt und am großen Sommerfest mitgewirkt, wo er einen vielbeachteten Redebeitrag geliefert habe. Karl nickte.

In diesem Moment ging die Tür auf.

Ein junger Mann mit blonden Locken trat ein. Karl schaute ihn an; er kam ihm irgendwie bekannt vor, auch wenn er sich nicht genau erinnern konnte, um wen es sich handelte. Ihre Blicke trafen sich.

„Na, weißt du noch, wer ich bin?" fragte der Blondschopf.

„Ich bin Anders! Nach deiner Meldung wurde ich zu fünfzehn Jahren Arbeitslager verurteilt. Aber die Rebellen befreiten mich."

Karl entgegnete, dass er sich jetzt dunkel an ihn entsinne, auch wenn er sich nicht jeden einzelnen Fall merken könne. Das Abhören von Feindsendern sei nun mal unter strenge Strafe gestellt und er habe nur seine Pflicht getan.

Hier ging ein Raunen durch den Raum. Anders sagte nichts und setzte sich auf den freien Stuhl, den Rita neben sich eigentlich für Karl freigehalten hatte.

Reto bat Karl, das Wort zu ergreifen und die Eindrücke seines bisherigen Aufenthaltes zu schildern.

Karl erhob sich von seinem Platz und klappte seinen Teleschirm auf. Er dankte der Runde für die Einladung und kündigte an, leider eine sehr kritische Bestandsaufnahme der hier herrschenden Zustände vornehmen zu müssen. Er führte aus, dass er Zeuge zahlreicher flagranter Verletzungen des Infektionsschutzgesetzes werden musste, ja, generell konnte man den Eindruck gewinnen, dass die aktuelle Gesetzeslage in dieser Region des Siedlungsgebietes völlig unbekannt sei. So trüge entgegen aller geltenden Vorschriften hier niemand die vorgeschriebene Mund-Nasen-Bedeckung. Sogar kleinere und Kleinstkinder nicht, was besonders verwerflich sei. Selbst Neugeborene ohne Maske habe er sehen müssen. Neben der allgemeinen Maskenpflicht sei auch die soziale Distanzierung hier offenbar ein Fremdwort. Weder bei der besagten Festivität, die die erlaubte Teilnehmerzahl deutlich überschritt, noch bei Zusammenkünften auf dem Marktplatz der Stadt oder sonstwo seien die gesetzlich vorgeschriebenen Abstände eingehalten worden. Er habe mit eigenen Augen auch gesehen, wie Leute im Park auf der Bank allein Bücher gelesen hätten, obwohl es einschlägige Präzedenzfälle in der Rechtsgeschichte gab, die dies unter Strafe stellten. In Schänken lägen grundsätzlich keine Kontaktformulare aus, um eine lückenlose Nachverfolgung der Infektionsketten zu gewährleisten. Dies wäre aber das A und O, um eine Ausbreitung des Virus zu verhindern, erklärte er und legte die AHAL-Formel dar: Abstand halten – Hygiene beachten – Alltagsmasken - Lüften.

Desweiteren habe er den dringenden Verdacht, dass die Ausgangsbeschränkungen nicht eingehalten würden. Völlig unklar sei ihm ohnehin, warum hier keine Drohnen flögen und Roboterhunde patrouillierten. Ja, nicht einmal Militärpolizei oder

Sondereinsatzkräfte des Seuchenschutzamtes habe er gesehen. Erschrocken habe ihn insbesondere die offenkundige Abwesenheit von Blockwarten, dieser so wichtigen Instanz im Feinripp, wenn es um das sofortige Melden von Fehlverhalten der Nachbarn gehe. Ohne diesen sozialen Kitt fehle somit gänzlich die soziale Kontrolle und der menschlich solidarische Zusammenhalt. Dies alles ginge nicht an und er werde all diese Missstände definitiv den Behörden melden. Dies sei seine Pflicht als gesetzestreuer Bürger des Siedlungsgebietes.

Mit dem Ausruf: „Ich werde Anzeige erstatten! Bleiben Sie gesund!" beendete er seine längere Ausführung und nahm auf seinem Stuhl Platz.

Gunnar war schon aufgesprungen und wollte antworten, aber Reto konnte ihn überreden, sich erstmal wieder hinzusetzen.

Stattdessen sprach nun Tim, der Tischler:

„Wir haben aber gar keinen Bock darauf, eure albernen Masken zu tragen. Wozu auch? Dieses Virus ist ein reines Hirngespinst. Es gibt ihn schlicht nicht. Masken sind nur ein vor dreißig Jahren erfundenes Disziplinierungsmittel. Eure Gesetze gelten hier nicht. Wir ignorieren sie!" ---

„Natürlich gelten die Gesetze", widersprach Karl. „Ich habe alle Gesetzblätter gelesen! Das war Teil meiner Ausbildung. Mir sind keine Ausnahmeregelungen bekannt. Wo steht das? Worauf berufen Sie sich? Was Sie hier verbreiten, ist in höchstem Maße unanständig und auch gefährlich. Mit Ihrem Verhalten gefährden Sie sich und andere. Masken schützen. Das können Sie in jeder Verordnung und in jedem Gesetzestext des Hohen Virologischen Rates schwarz auf weiß nachlesen!" ---

„Du kannst dir mit deinen Gesetzestexten den Hintern abwischen. Die interessieren hier bei uns definitiv keinen. Merk' dir das, du Vogel!" rief Erik, der Förster, und es brach ein kleiner Tumult im Raum aus, den Reto gerade noch unter Kontrolle bekommen konnte; einige der Gäste nestelten bereits bedrohlich an ihren Waffen.

Karl überschlug insgeheim die Zahl der Sozialpunkte, die ihm gutgeschrieben würden, wenn er diesen Laden hier hochgehen lassen und jeden einzelnen Regelverstoß zur Anzeige bringen würde. Seinen FDGB-Urlaub könnte er dann vielleicht schon nächste Woche antreten und auf vierzehn Tage verlängern.

„Mal angenommen, wir würden dich wieder durch das Tor nach Hause bringen. Was würdest du tun? Immerhin weißt du jetzt um unser Geheimnis", tastete sich Reto vorsichtig fragend vor.

Karl verstand nicht recht, was Reto von ihm wollte. Er blickte ihn fragend an und antwortete dann, dass er umgehend bei den zuständigen Stellen Meldung über die besonderen Vorkommnisse machen würde. Da gäbe es keinerlei Spielraum, denn dazu verpflichte ihn die aktuelle Rechtslage.

„Und was würde dann passieren?" forschte Reto weiter.

„Das Seuchenschutzamt würde eine Inspektion durchführen, die wahrscheinlich von weiteren Behörden des Innenministeriums flankiert würde. Ich könnte mir auch vorstellen, dass aufgrund der besonderen Schwere und Anzahl der von mir gemeldeten Vergehen stark bewaffnete Sondertruppen des Seuchensicherungshauptamtes entsandt werden. Sprich, die Armee." ---

„Und dann?" fragte Reto. ---

„Dann würden die Einwohnenden dieses Gebietes umfangreichen Gesundheitsmaßnahmen unterzogen. Als erstes würde der aktuelle Impfstatus überprüft. Die Impfung und das Chippen könnte durch mobile Kommandos des Infektionsschutzes noch hier vor Ort durchgeführt werden. Beispielsweise in Messehallen. Alsdann erfolgt die Überstellung in entsprechende Arbeits- und Umerziehungslager. Es ist sehr genau geregelt, wer wohin überstellt wird. Für Fälle wie Junker Jörg beispielsweise haben wir ausgezeichnete, nach den modernsten Erkenntnissen der psychiatrischen Wissenschaften arbeitende Nervenheilanstalten. Kurzum, jeder einzelne würde nach sorgfältigen Prüfungen jener Therapie beziehungsweise Sonderbehandlung zugeführt, die seinen und den Bedürfnissen der Allgemeinheit am besten entspricht. Für alle wird optimal gesorgt. Es ist eine Win-Win-Situation. Niemand muss sich Sorgen machen!" ---

„Und was passiert mit den Kindern?" rief die Marketenderin Gunhild, die vierfache Mutter, die mit ihren Kleinen vor Jahren unter Lebensgefahr aus dem Siedlungsgebiet in den Untergrund geflohen war.

„Die Kinder liegen uns besonders am Herzen!" sagte Karl freudig. „Die Inobhutnahme durch die darauf spezialisierten Behörden und Anstalten ist der Garant dafür, dass sie nicht unter dem schädlichen Einfluss von Maskenverweigernden, sondern keimfrei und gesund im Geiste der Maske aufwachsen. So führen sie ein glückliches und langes Leben und werden wertvolle Mitglieder unseres Gemeinwesens und der Partei." ---

„Du elende Kakerlake, ich schlage dir den Schädel ein!" rief Gunnar und wollte sich auf den verblüfften Karl stürzen. Aber mit der vereinten Kraft von fünf Männern konnte der rasende Riese im letzten Moment an der Ausführung seiner Ankündigung gehindert werden.

„Die Schmeißfliege wird uns verraten. Wir dürfen sie nicht entkommen lassen!" brüllte er außer sich vor Wut.

Reto fragte Karl, was sie denn nun mit ihm machen sollten. Offensichtlich sei er unbelehrbar und damit eine Gefahr für sie alle. Karl entgegnete sehr ruhig, dass er diese Frage auch nicht beantworten könne, denn der geschriebene Gesetzestext gäbe da keine Auskunft. Er habe keinerlei Spielraum und müsse und werde sich an Geist und Buchstaben des Infektionsschutzgesetzes halten, das sich im übrigen seit dreißig Jahren sehr bewährt habe. Er fügte hinzu, dass er die Aufregung auch gar nicht verstehen könne. Denn erstens sei die Rechtslage eindeutig. Die große Führerin persönlich habe einst an der Erstellung dieser Regeln und Verordnungen federführend mitgewirkt und sei dabei von Dr. Frosten, der dafür das Siedlungsverdienstkreuz erhielt, sowie ein bis zwei weiteren von den Qualitätsmedien ausgesuchten Virologen beraten worden.

„Wir haben uns für das Leben entschieden!" sagte Karl wörtlich und begehrte Zugang zu einem funktionierenden Netz, denn er müsse nun umgehend seine Meldung an die Behörden absetzen; das sei mehr als überfällig; die Zeit dränge.

Rita brachte Karl in die Scheune und verriegelte diese weinend von außen. Zum einen musste ihr Geliebter an der Flucht und zum anderen das Eindringen von außen verhindert werden, denn mehrere Rebellen hatten angekündigt, „die Ratte", wie sie sich ausdrückten, totzuschlagen. Dann kehrte Rita zur

Aussprache zurück. Es stellte sich heraus, dass sich mehrere Lager gebildet hatten. Die Gruppe um Gunnar, Wolf, Erik und andere plädierten dafür, Karl zu erschlagen. Denn er sei unheilbar verblödet, mutiert und unbelehrbar. Er würde die feindlichen Truppen anlocken und ihre Welt, ihr Refugium, wäre zerstört und für immer verloren. Auch Gunhild schloss sich – schweren Herzens, „wegen der Kinder" – diesem Standpunkt an.

Falk sagte gar nichts. Reto, Carolin, Ehrenfried und andere sprachen sich dafür aus, die Entscheidung zurückzustellen und weitere Zeit und Versuche ins Land gehen zu lassen und eine regelmäßige Bewachung für Karl abzustellen.

Rita erklärte unter Tränen, dass es vielleicht ein Fehler gewesen sei, Karl aus dem Siedlungsgebiet zu sich zu holen. Aber nun sei er halt da und Gewalt wäre keine Lösung. Und schlüge man Karl jetzt einfach tot, wäre das nicht mehr ihr Land. Nach wie vor glaube sie fest daran, dass man Karl integrieren könne. Auch wenn dies wohl Zeit brauche. Sie schüfe das, rief sie mit sich überschlagender Stimme und der einzige, der ihr beipflichtete, war Anders.

Die Dinge waren in der Schwebe. Ohne konkreten Beschluss vertagte sich die Runde auf unbestimmte Zeit.

Die auswärtigen Gäste schwangen sich auf ihre Pferde und entschwanden in der Abenddämmerung.

Kapitel 20

Das Ende dieses herausragenden Romans ist schnell erzählt.

Ob Gunnar des Nachts im dunklen Walde in Zwiesprache mit den Nornen oder anderen schicksalsmächtigen Gottheiten unseres Volkes getreten war, ist nicht zweifelsfrei überliefert. Vielleicht hatte er gar Thor um Rat gefragt. Sicher ist nur, dass er zwölf Uhr mittags, als die brütende Sonne im Zenit stand, in voller Kriegermontur mitten im Hof auftauchte.

Karl saß auf seinem Schemel vor der Scheune und tippte den Bericht über die Aussprache vom Vorabend in seinen Teleschirm.

Gunnar rief: „Nun hat dein letztes Stündlein geschlagen, du ekelhafter Denunziant und Maskenwurm!"

In der Verfilmung dieser wahren Geschichte wird man genau sehen, wie Karl aufschaut und die vom Germanen geworfene Streitaxt in Zeitlupe in hohem Bogen durch die Luft schwirrt und in Karls Stirn steckenbleibt. Ein Rinnsal Blutes bildet sich und färbt die Mund-Nasen-Bedeckung rot.

Karl kippt nach hinten weg. Er ist tot.

Rita kommt kreischend aus dem Haus gelaufen, wirft sich voller Tränen über den Geliebten, reißt ihm die Maske weg und bedeckt sein Gesicht mit heißen Küssen.

Plötzlich bäumt Karl sich auf und ruft „Abstand!" ---

Dann kippt er erneut nach hinten weg.

Jetzt ist er wirklich tot. ---

„Was hast du getan?? Er war ein Mensch!!" schreit Rita verzweifelt Gunnar an.

Gunnar zieht die blutige Axt aus dem Leichnam, wischt sie an einem herumliegenden Handtuch ab, steckt sie in den Gürtel, schwingt sich mit drei Schritt Anlauf auf sein Pferd, wirft Rita einen letzten Blick zu und sagt:

„Er war kein Mensch mehr. --- Leb' wohl."

Dann reitet er - gefolgt von Odin, seinem Hund - vom Hof in die gleißende Sonne hinaus und entschwindet unseren Blicken.

Zurück bleibt Rita und ... der herbeigeeilte Anders, der tröstend seinen Arm um sie legt.

Diese zwei werden glücklich miteinander.

Das ist das ...

Happy End.